植物,我的精神導師

[卓素絹　編著]

好讀出版

序言 008

卷二 喚醒真誠心性

序言

　　你仔細算過嗎？一天當中你要做多少選擇，連喝咖啡這樣浪漫的事都一樣，選擇熱咖啡或冰咖啡？拿鐵或卡布奇諾？加糖或不加糖？終於，你仔細做了決定，當你握著卡布奇諾時，你想到最近胃不太好，應該喝拿鐵的；而當你啜飲著優雅奶香的拿鐵時，你想念卡布奇諾的濃純。

　　這時的你該是深深嘆了口氣，後悔你剛才的選擇吧？人總是這樣，因為有太多選擇，所以享受不到單純的擁有與單純的快樂。

　　開始要寫這本書時也一樣，到底該不該決定寫？時間就在一直反覆猶豫中浪費掉了，心血來潮時，打開電腦隨便塗塗寫寫，沒一會兒又被生活瑣事打斷，思緒片片段段，總是不成章，一直到下了決定，確定自己該為這本書負責，那時的自己確實感覺肩膀有千萬斤的壓力，只是心頭卻這麼陽光普照了起來，是種踏實感吧！

　　該怎麼為這本書擬定寫作大綱？這件事確實困擾我很久，不斷的跑圖書館、不斷的查詢資料、不斷的試寫，真的非常的辛苦

也非常的煎熬。

　　一本關於植物、關於中國古典詩詞的書，該怎樣去組織，才會自然的融和？除了巧思，還要很多很多資料，可是都這麼努力了，那時寫出來的文章卻又不覺得對味，到底缺了什麼？真的難解！

　　然後有一天，我聽到一個故事，那是朋友的遭遇，關於生活、關於生命的故事，那時的感覺很深刻，在我和朋友之間那段空白的距離裡，彷彿開滿了繽紛燦爛的花，突然明白植物不只出現在古典詩詞裡，還出現在人們的生命中。

　　重新打開電腦，有很多字句、很多故事，就這麼自然的流瀉出來，它們該有自己生命的，我在中間，扮演的只是一個傳導的角色，將那些真真實實，出現在某些人生片段的記憶重新還原，藉由不同植物的引介，讓它們為自己說話。

　　在寫這本書的過程，有好幾次我都出現快撐不下去的感覺，因為還有一份正職工作，讓我忙得焦頭爛額，還去修了一堂商學系的課，讓我得費盡心思，還有很多私人事情一直出現變化，為了生活，必須做很多選擇，不能成眠的夜裡，只好一個人在深夜時分，在陽台徘徊漫步，整理思緒，看看我種的植物。

　　看著看著，我突然有一種頓悟，「選擇」這兩個字多妙啊！

當一個人愈有權利，可以選擇的事就愈多，但那時的自己卻不一定是最滿足最快樂的。

　　但是看看眼前的植物，我不禁微笑了，它們的生命過程沒有任何一個可以選擇的機會，從一顆種子開始，要到那兒去發芽任憑風兒做主，發了芽後也不再隨便遷徙移動，它和身邊的泥土融為一體，把生命交給大地，自個兒只要不停吸收不停茁壯就好了。

　　風來了、雨下了，植物不去躲避也不會逃跑，有陽光的日子，它卻會挺直身子，默默去迎接！怎麼說呢？偉哉！植物！你呈現出的是多少生命的智慧啊！因為寫這本書，或許在某個層面的我成長了，希望正在翻閱這本書的你也會有些新的感觸，那麼那些無眠的夜裡，都是值得！

開放大智慧

渾沌不明總是矇蔽我們的眼睛，從植物的姿態中領略大智慧，看清無明。

1.
芣苢

詩經・國風・周南

采采芣苢！薄言采之；采采芣苢！薄言有之。

采采芣苢！薄言掇之；采采芣苢！薄言捋之。

采采芣苢！薄言袺之；采采芣苢！薄言襭之。

　　芣苢就是所謂的車前草。油綠的葉子，一根長長的花穗長在兩個葉片中間，蹲下身仔細瞧去，還有幾分雅趣。在午後的草地上，總可看見車前草的葉片閃爍著美麗的光澤。

　　車前草常成群散列，有時生長在牛馬走過的草地、有時分佈在馬車走過的小徑下，所以就有了「車前」、「牛遺」、「當道」這些有趣的名字。

　　自遠古時代起，人們就相信吃了車前草的種子可治婦人難產，多吃一些，也許可達成多子多孫的願望呢！可別小看車前子那根細細長長的花穗，裡面的種子雖細小，卻有千百個之多啊！古代的婦女在那醫藥不發達的年代裡，心中只能懷想著將車前子採食來吃後，想要有子嗣的願望或許會成真。

這首芣苢詩寫的是在太平盛世時，大家不用為一些繁雜的事擔憂，婦女們扶老攜幼，一起到野地裡採集車前子的情形。採著車前子的婦女一邊隨口哼著歌謠，一邊用衣角兜起小果子，她們心裡應該是甜甜的笑著吧！要為整個家族添個孩子呢！這可是生命中的大事啊！怎可輕忽？怎可怠慢？

　　子嗣，是原有生命的延續，也是讓人類得以生生不息的因子，只是摟抱在懷中的孩子懂得父母對他層層的關愛、重重的呵護下的種種期許嗎？

　　詩經中正在哼著歌謠，採集車前草的婦女們，在抱著自己孩子時又該會有幾分滿足、幾分期望？望著陽光下隨風搖曳的車前草，這時答案如何或許都不重要了。

2. 神秀偈

唐・神秀

身是菩提樹，心如明鏡台。
時時勤拂拭，莫使惹塵埃。

菩提樹長著心型的葉子，油亮晶透的綠，在陽光下閃閃發光，淡淡透露著幾許禪機，加上釋迦牟尼佛在菩提樹下悟出了正道，因此菩提樹和佛教有著密不可分的關聯。

當時禪宗的第五任掌門人弘忍，因為年紀大了，知道自己的時間不多，正苦思要尋覓能傳禪宗衣缽的人。

如果依禪宗正統傳衣缽的方式，那所有修習禪宗心法、有根基的弟子，就得各憑本事，寫出一首短詩，用以陳述對禪學的領略程度，再由弘忍師父選出其中程度最高的弟子，由他接掌禪師的職位。

神秀是弘忍的首席弟子，也是當時眾家弟子公認最有資格獲得第六代掌門人的最佳人選，想當時的神秀是帶著怎樣的意氣風發，在眾師弟的簇擁下，寫下這首短詩啊！

神秀認為人的身體像菩提樹，心就像是明亮的鏡子，基本上都是良善美好的，可是習俗世間有太多塵埃、泥濘，一不小心就會讓我們的身心混濁污穢，所以切記要時時去修養身心、關照心靈世界，才能遠離世俗所帶來的污穢，保有清澈明亮的心智。

神秀的短偈對人生充滿著積極和光明，讓人讀了會激起一股力量，往善良美好的方向前進，這首詩像人生路上一盞明亮的燈塔，為迷惑徬徨的人指引方向。眾師弟們看了莫不拍手稱道，只有師父搖頭微笑，弘忍知道這還不是禪學裡最高超的意境。

3. 慧能偈

唐・慧能

菩提本無樹，明鏡亦非台。

本來無一物，何處惹塵埃。

　　弘忍師父出下考題後，輩分卑微又不識字的慧能，還是託人將他的想法寫在半斑駁的牆壁上，也因為這一首詩，慧能的一生有了很大的改變；弘忍當下決定由輩分最小又不識字的慧能當他的衣缽傳人。

　　這樣的決定也讓慧能吃足了苦頭，他只能奉師父的命令，帶著迦裟和衣缽往南邊逃去，歷經了許多磨難和修鍊後，慧能才正式成了禪宗六祖。

　　在慧能的認知裡，人世間本就是虛空，人的內心本是無欲無求的清靜地，何來塵埃？何需拂拭？

　　人的修為分成好幾個層次，有了最高境界的修持後，等於回到人生最初始的階段，所有煩惱、欲求、歡樂、悲泣都不會出現。你有了清淨明亮的心去觀照世間的無常和虛幻，你會看透一

切因果煩惱，將事物還原到最單純的本質。

　　第二種層次的修為就像神秀一樣，內心仍會隨著外在事物流轉，仍會升起煩惱、喜惡，但已懂得用積極的方式，把自己的心神、情感導向正向的光明面。

　　世間凡人能有第一種層次修為的並不多，那麼，我們不妨試著學學神秀，時時去觀照自己內在情緒、好好修習自身，為自己、也為這世界種下一株清涼的菩提樹吧！

4. 春江花月夜

唐‧張若虛

春江潮水連海平，海上明月共潮生。

灩灩隨波千萬里，何處春江無月明？

江流宛轉繞芳甸，月照花林皆如霰。

空裡流霜不覺飛，汀上白沙看不見。

江上一色無纖塵。皎皎空中孤月輪。

江畔何人初見月？江月何年初照人？

人生代代無窮已，江月年年只相似。

不知江月待何人？但見長江送流水。

白雲一片去悠悠，青楓浦上不勝愁。

誰家今夜扁舟子？何處相思明月樓？

可憐樓上月徘徊，應照離人妝鏡台。

玉戶簾中捲不去，擣衣砧上拂還來。

此時相望不相聞，願逐月華流照君。

鴻雁長飛光不度，魚龍潛躍水成文。

昨夜閑潭夢落花，可憐春半不還家。

江水流春去欲盡，江潭落月復西斜。

斜月沉沉藏海霧，碣石瀟湘無限路。

不知乘月幾人歸？落月搖情滿江樹。

春天的夜裡，既然無事，就獨自到江邊走走吧！說是獨自嘛！天邊不遠處，彷彿又伴著一輪明月，隨我一路走來，原以為人生路上到頭來該是孤寂的，但這江上的明月卻又曜曜的散發著明媚光芒，它在告訴我亙古長空以來的一切。它都看透了嗎？還是它只在那兒，默默守著江邊，陪著所有孤獨的靈魂？

世事總如白雲，幻化成千萬種姿態，握不住、猜不透，江邊的楓樹，迎著晚風，颯颯的搖落了青綠色的葉子，它是盛不住人世間許多的愁苦嗎？還是它正透露著什麼？

該說楓樹最懂人世的愁苦哀樂嗎？否則在秋天時，為何它會紅透了整個枝椏？楓樹該是有靈性的吧？關於楓樹，是該有一則特殊的傳說！

據說在古老的年代裡，黃帝和蚩尤在梨山交戰，戰事持續了幾個日夜，最後蚩尤敗陣只能一路逃脫；在逃命的過程，為了減少負擔，蚩尤將身上的枷鎖拋置大荒中，經過數不清的年歲後，這裡竟化為一片楓葉林。

微風吹過，楓葉會唱起歌，它說的是什麼？用心細細去聽……掙開你身上有形、無形的枷鎖吧！你才能逃離人世間一切煩惱、因緣……

江邊的月只能默默觀看著千萬年亙古不變的人事遞轉，悠悠

散著明淨的光，如果你想知道月亮的秘密，你就得靜靜去聆聽，江邊的楓樹會唱歌，藉著風，它會告訴你大自然裡的密語……

　　想掙脫枷鎖需要智慧也需要勇氣，聽過蜥蜴的故事嗎？蜥蜴身上的顏色不固定，會隨著所在的環境做改變，這是為了適應環境，但蜥蜴最令人佩服的是牠在危難中，願意忍痛切斷自己的尾巴，求取逃命的機會。

　　在危難的當下，尾巴成了蜥蜴逃命的枷鎖，牠只有忍痛切除，因為蜥蜴夠理智，所以牠擁有了新生的機會，那人類呢？沒什麼事難得倒我們的，逃不過的只是我們套在自己身上的枷鎖罷了！只是我們有像蜥蜴一樣的勇氣嗎？

　　物質的枷鎖、權勢的枷鎖、愛情的枷鎖…你被哪個枷鎖鎖住了？認清楚自己以後呢？別忘了，能解開枷鎖的人只有你自己！

　　還是捨不得丟掉身上那些讓你又愛又恨的枷鎖嗎？如果覺得煩悶，那就到楓樹林去，秋天的楓樹一片殷紅，樹下有一陣陣涼涼的秋風，當秋風吹動滿樹紅葉時，或許在那當下，你會暫時拋開你身上諸多的枷鎖。

5.

雜歌謠辭（吳楚歌）

唐·張籍

庭前春鳥啄林聲，紅夾羅襦縫未成。
今朝社日停針線，起向朱櫻樹下行。

「春天已翩然來到，花季正濃，從窗扉往外看，一片油黃嫩綠，那樣美麗的景色讓人不由得精神一振呢！可是我手裡的紅棉衣還沒縫製完成，需要再加把勁才能如期完工，這該怎麼辦呢？

唉！我只能認份的再回到屋裡來，低著頭，一針一線，密密縫製著手中的衣裳，可是就有那麼點不甘心。春天哪！你聽那黃驪鳥，不停的唱著婉轉的歌兒，好像在呼喚著我，哎喲！誰管那麼多啦！索性就將手上的紅錦緞丟在一旁算了，還是趁著春景正美，出去散散心，賞花去吧！」

詩中的女子是逗趣可愛的，因為張籍將她那矛盾嬌俏的性格寫得維妙維肖，彷彿詩中的女子就出現在你身邊似的！

你也有過同樣的經驗、同樣的掙扎嗎？只是一般被稱之為理性的人，往往就乾脆鎖上窗扉，一心一意做著手邊的事，管他春

天的繁花似錦！

　　一年又一年的錯過，你的手邊永遠有做不完的重要事件，要賞花只能在夢裡囉！花期或許可以預約得到，但是那個一起賞花的人可就不見得隨時都在等候你準備好了，才同你一起出發，往往等你把手邊的重要事件處理完畢後，你才會發現真正錯失的，是更珍貴的部分！

　　除非你不在意錯過，否則別老是預約以後；以後的事誰知道呢？人的力量是那麼薄弱的，只能說好好把握當下吧！想做的事、想完成的夢就趁著當下去做，別在以後後悔！

　　緋紅粉白的櫻花開滿了山林，當你慢慢走過後，就會有細小的花瓣飄落在你髮上、身上，拂落了一地的花瓣後，請你一定要記得把握生命中短暫的美麗！

6.
李花贈張十一署

唐‧韓愈

江陵城西二月尾，花不見桃惟見李。

風揉雨練雪羞比，波濤翻空杳無涘。

君知此處花何似？

白花倒燭天夜明，群雞驚鳴官吏起。

金烏海底初飛來，朱輝散射青霞開。

迷魂亂眼看不得，照耀萬樹繁如堆。

念昔少年著遊燕，對花豈省曾辭杯？

自從流落憂感集，欲去未到思先回。

只今四十已如此，後日更老誰論哉？

力攜一樽獨就醉，不忍虛擲委黃埃。

　　韓愈的詩集中，有很多是描寫李花的，只要你細看，就會發現詩中的字字句句，都將李花寫得意象飽滿、情感真摯，看了幾首後，都忍不住要稱韓愈為「李痴」了。

　　李花確實是有些特殊之處，足以和百花媲美！古人稱讚李花

「宜月夜、宜綠鬢、宜白酒」。意思是說如果能和一位溫柔婉約的少女，在月夜下喝著白酒，賞著李花，那真是人生中最大的享受啊！會用這樣的句子來形容李花，是因為李花有既入俗又脫俗的特質。

李花的香很淡雅，若有似無；李花的細不至於太纖弱，有種精緻的美；李花的潔不若梅花的高傲，清新中卻更加惹人憐愛，也因為這些緣故，才說李花既入俗又脫俗吧！

但是李花在中國的花史上地位卻不崇高，因為李花一向以潔白取勝，在喜歡大紅大紫的傳統中國裡，本來就不太討喜，加上李花的花期太過短促，匆匆盛開後又匆匆凋零，這樣的捉摸不定是不符合中國風的。

韓愈為何喜愛李花？你該猜到其中的緣故吧！是的！在李花綻放的時刻，韓愈看見了自己的人生路有和它雷同的遭遇；也可以說在李花身上，韓愈有了借物抒情的情緒。

原本是皎潔的月夜，韓愈和好友相約，要一同喝酒賞李花的，沒想到朋友卻因故不能來，韓愈只好自個兒來賞花了。春天的夜裡，在月光下的李花是如此潔白亮眼，連雪花都要自嘆弗如了。映著微微的天光，一樹的李花是多麼亮麗輝煌啊！就連公雞都要誤以為是天亮了呢！

這樣的美景當前，韓愈卻想到了年少的時光，那時是多麼的意氣風發，常對著美景，開懷暢飲，後來仕途不順遂，又有憂患集身，哪有心思再去賞花？即使偶爾有空出發了，往往人還沒到目的地，心裡就急著回去。唉！沒想到轉眼間就四十歲了，再不好好珍惜眼前的美景，真要再有這樣的機會就難了！

前段寫李花的繁茂潔白，多少也是韓愈隱約透露著自己洋溢的才華；後段的惜花、憐花，或許是韓愈在告訴自己，即使生命再如何坎坷挫折，也該對自己的人生好好珍惜！

不過還好，李花飄落後，正是李子初成時；坎坷不順的官場歷練，不也是讓韓愈滿腹的才華都發揮在詩文上，讓詩句飄溢著生命的芬芳嗎？失與得往往在瞬間，這一切就在如何去看待了。

那什麼是失？什麼又是得？很多事真的不能只看眼前？看著李花，我想到我的大學同學莉絲，她有一雙漂亮的丹鳳眼，白白的皮膚，嬌小玲瓏的身材，但她卻有一顆極不安定的靈魂，喜歡旅行、奇特的事、浪漫的愛情。

那樣素雅美麗的外表像李花，卻和極度愛流浪的靈魂不搭調，當我們比較著工作資歷和薪資福利時，她卻收集著一段又一段精采的異國歲月，每一段都美麗，卻也都短暫，像李花的花期，在你驚嘆聲中悄悄的墜落。

當我們這些office lady（辦公室女子）謹守著上班規則時，她悠遊在巴黎的左岸咖啡館；當我們享受著工作帶來的安全舒適生活，她要從頭開始，再繼續累積下一筆旅費。

　　莉絲的生活似乎充滿精采，但是缺少安定，是得？是失？只有她的心裡最清楚，不過我們都得承認她的方式夠特別，她敢於追求夢想的勇氣值得喝采。

7. 酬夢得比萱草見贈

杜康能散悶，萱草解忘憂。

借問萱逢杜，何如白見劉。

老衰勝少夭，閒樂笑忙愁。

試問同年內，何人得白頭。

　　「杜康」在古代是酒的代稱，而酒，不論古今中外，都是被當成暫時忘卻煩惱的解憂劑，有煩惱時如果能有知心朋友陪你喝酒話憂愁，那酒是一種橋樑，帶領另一個人進入你記憶深處，到達你煩憂的核心，如果能這樣，所有傷心事就不再那麼令人想流淚了；如果只剩自己一個人不停喝著悶酒，那酒就只好成了一種麻醉劑，麻醉理智、麻醉記憶，這樣心就不再那麼痛了，淚水也可以凝固吧！

　　面對憂愁的最好方式是什麼？你也不贊成喝酒嗎？你說酒精只是暫時矇蔽住雙眼，不斷逃避問題，累積的是更多的落寞和傷心。那一起煮一道萱草湯吧！萱草就是俗稱的金針花湯啊！萱草

和金針花？是啊！金黃色的色澤就像一道道金黃色的光芒，輕柔的撫慰你的心，吃進肚裡，還暖了你的腸胃，所謂憂愁，該被一點一滴的融化了吧？

有一次被一群朋友拉進一家 pub，進去之前，趕緊伸長脖子，看看上頭的招牌——藍色啤酒海，哈！有趣的名字。老闆娘更是別有風趣的一個人，全身黑色的衣裳，就連頭巾都是黑色，這打扮雖然有些怪，卻讓她頸項間的金飾更是閃爍耀眼，仔細一看，竟是一朵精緻刻工的萱草花樣式呢！

她總是來回穿梭，招呼每個客人，尤其那些面帶憂愁的人，她就笑吟吟遞上一杯你剛才點的酒，在她身邊，你感受到她暖暖的關懷，真的像陽光，這裡一點都不像 pub！只是她頭上老是帶著頭巾，幾乎沒有看過她的髮絲自然垂洩下來的樣子。

因為喜歡老闆娘，就常光顧藍色啤酒海，然後就稱她藍姐，藍姐長藍姐短的，終於，我順利看見她拔掉頭巾的樣子，竟然是一頭……白……髮……看見我訝異的眼神，藍姐的笑容依舊自在。

她指著自己的頭笑著說：「很奇怪是不是？以前太多煩惱了，不再將它染黑，因為有一段歲月要紀念。」說完後，藍姐將手中的長島冰茶一飲而盡。或許是心照不宣，或許……反正我也

沒再繼續問下去。

接著，我看到她的小花園，經營酒館的人也種花呢！而且是一大畦的萱草園哪！真是有些不協調的組合。她卻說這是她為自己種的忘憂草。

人世間的煩惱拂不盡、去不了，卻有人願意靜靜聽你訴說，這已是世上最幸福的事了。

不管是杜康也好，忘憂草也罷，最難得的是有藍姐這樣的解語花，但再怎樣為你分勞解憂的人，她仍然得堅強去面對屬於自己的憂愁啊！突然想起藍姐那覆蓋在頭巾底下，雪白的髮絲，此時我心中升起的該是怎樣的情緒？

忘憂草？真的能讓人忘記煩憂嗎？就像幸運草，真能帶來滿滿的幸運嗎？人的心情在最低落的時刻最需要的是祝福，人生的風雨只能自己面對，但是祝福可以來自四面八方，只要你的心能感受到祝福，那麼就會有滿滿的力量湧現出來，眼前的風雨你就不再感到害怕了。

就像藍姐，她真能為pub裡的客人解決困難嗎？她能做的只是傾聽，是微笑、是包容，在每一分秒裡全神貫注的傾聽，訴說的人或許在那當下就解脫了，對自身的困頓、對世上所有的煩憂和困擾都釋懷了。

宣草湯、忘憂草、金針花，我們就當那是大地給人類的一種祝福，祝福我們能解脫身心所有的困難和憂愁。

8. 咸陽城東樓

唐·許渾

一上高樓萬里愁，蒹葭楊柳似汀州；
溪雲初起日沉閣，山雨欲來風滿樓。
鳥下綠蕪秦苑夕，蟬鳴黃葉漢宮秋；
行人莫問當年事，故國東來渭水流。

「滿懷心事又無人可訴時，只能獨自一人往高高的樓層爬去。
登上高樓，彷彿能將萬里的景色攬入眼簾。是我的憂愁太濃郁了
嗎？怎連眼前這樣的景色都沾染出憂鬱的色澤。

遠遠望去，蘆葦花和楊柳樹好似水中的浮洲，溪邊的雲霞初
初染上紅艷，夕陽即將落下，橘黃色的紅暈映照著閣樓，有些微
涼意，晚風不斷的吹進這小樓來，不久該要下一場山雨了吧！

看著高樓下昔時秦朝的宮苑，如今已是野草遍佈；漢皇宮如
今也只剩黃葉飄零了！就別再問從前興盛繁榮的舊事了，只有這
一脈悠悠的流水，仍舊滔滔地往前流去。」

世事的昌盛衰敗沒有一定，就連大自然都需要經過四季的變

化更迭，何況是平凡的人？大多數人窮究一生精力，想在歷史上留下痕跡，但一輩子的轟轟烈烈，在歷史的記憶裡卻不過是瞬間。

　　看看河岸旁那一大片的蘆葦花啊！在落葉飄零的秋天裡，仍舊搖曳著一身的褐黃，偶爾在氣溫劇降時，還會為它抹上一層薄薄的霜雪呢！河水悠悠，潺潺的流水聲，見證了人世間的更迭變遷，臨水而生的蘆葦，也歲歲年年的看盡了人間所有的枯榮與興盛吧？蘆葦花在蒼茫與空闊中仍能從容無憂是這個緣故嗎？

　　人事總不能盡如人意，你也是滿腹委屈嗎？別老是在擁擠的城市裡晃盪，去看看蘆葦花吧！它會告訴你一些關於生命的密語，這些密語需要你的智慧去做解答！

9. 雨中看牡丹三首

宋・蘇軾

霧雨不成點，映空疑有無。
時於花上見，的皪走明珠。
秀色洗紅粉，暗香生雪膚。
黃昏更蕭瑟，頭重欲相扶。

明日雨當止，晨光在松枝。
清寒入花骨，蕭蕭初自持。
午景發濃豔，一笑當及時。
依然暮還斂，亦似惜幽姿。

幽姿不可惜，後日東風起。
酒醒何所見，金粉抱青子。
千花與百草，共盡無妍鄙。
未忍污泥沙，牛酥煎落蕊。

蘇軾不但是一個性情中人，也是一個懂得從大自然中汲取智慧的詩人。蘇軾在這三首詩中寫的都是牡丹花，卻將牡丹花不同時間、不同姿態的樣子都呈現出來。

　　第一首是雨中的牡丹，第二首是晴日的牡丹，第三首寫的是牡丹的凋零。

　　「迷濛的白霧裡，有著絲絲小雨，走進這雨霧裡，一切空茫茫，彷彿不曾有雨絲，卻在牡丹花瓣上，看到一滴滴的露珠，晶瑩剔透，好似一顆顆珍貴的明珠。

　　難得的霧雨，將牡丹花洗滌得更加出色動人，幽幽的香味在濕冷空氣中顯得更清雅。愈到黃昏時刻，霧雨下得更濃密了，牡丹花的花瓣盛接著太多雨滴，枝幹都不自覺得彎了下去，遠遠望去，多像一位美人，低著頭，盼著有情人去攙扶。」

　　第二首寫的是雨過天晴。「昨日的霧雨已然停歇，薄薄的塵霧瀰漫在松枝間，還有一股清冷的寒風吹拂過，真怕這寒氣會侵入牡丹花的花骨中啊！待我仔細一看，牡丹卻端莊高雅的挺立園中，是我多心了，昨日的風雨並沒讓牡丹花四散飄零啊！

　　到了中午時刻，牡丹花的花色更美艷，香味也更濃郁了，要賞牡丹就要趁這時刻，否則到了黃昏時候，你也看不到牡丹盛開的容貌了！因為牡丹會把花瓣收攏起來，那模樣彷彿是它特別珍

惜自己優雅的花姿容貌呢！」

　　第三首寫的是花謝。「牡丹雖然特別憐惜自己的容貌顏色，可惜時間到了，它仍舊得隨著風起而凋零啊！等我酒醒後，牡丹花卻已不復見，那種悵然若有所失的心情籠罩著我。待我看到原本凋零的花瓣已長出青綠色的果子，我才釋然的笑了，這就是生命的自然演變啊！花開花謝自有時，誰也阻擋不了，既然這是生命的規則，那太多的悲傷也是枉然吧！」

　　不管花朵再美艷，終會有凋謝的時刻，就連野地上的綠草也不例外。秋風吹過，百草也會隨之枯黃斷折，既是如此，那生前美艷與否就不用太過計較了！

　　話雖如此，但偏偏還是有人愛花成癡。聽說在五代後蜀有個叫吳昊的，他對牡丹情有獨鍾，不忍牡丹凋零後，花瓣被地下的泥沙污染了，他用牛酥煎著落花，做成一道牡丹美食。

　　美麗是會讓人眩惑的，但如何留住那份美？把它畫

下、寫下，還是……方法可能很多，但事後再去看，總覺得當初眼裡看見得才是最美，因爲最初的，除了美，還有來自於生命的感動。

　　所以美不只來自於容貌、氣質，也可能來自於一種精神、一種執著，珍惜當下感動你的那份美吧！不用急著去收藏、去擁有，甚至想盡方法去吞服，費盡心思後，你可能會突然發現，這已不是當初深深吸引你的那份美了！

10. 定風波

宋‧蘇軾

莫聽穿林打葉聲，何妨吟嘯且徐行。

竹杖芒鞋輕勝馬，誰怕！一蓑煙雨任平生。

料峭春風吹酒醒，微冷，山頭斜照卻相迎。

回首向來蕭瑟處，歸去，也無風雨也無情。

　　大詩人蘇東坡和竹子的緣分相當深遠，他曾說過：「無竹令人俗」。竹，在蘇東坡的心中已超脫了植物的形象，竹成了一個可敬的師者，也是一個可親的朋友。

　　在很年輕的時候，蘇東坡就開始學畫竹了，關於畫竹這事兒，可是有段特殊的淵源呢！聽說當時東坡的表兄文與可畫竹畫出了名氣，前來求畫的人將家裡擠得水洩不通，每個來求畫的人幾乎都拿來一匹素錦布，讓文與可的家中都快被素錦布給淹沒了，文與可在苦於應付下，就把畫竹的技巧傳給蘇東坡，希望求畫的人可轉移目標，往蘇東坡家去。

　　或許是長時間畫竹的關係，蘇東坡對竹子的了解更透徹，也

將竹子的特質比擬在現實人生中，讓他在多變的人生路上，彷彿多了一個可了解他的朋友，陪他走過一段段崎嶇的人生路。

竹子不像一般植物，厚實的枝幹，隨著日月的增長，不停地讓枝枒粗壯茂密。竹子枝幹的中間是虛空的，枝幹表層有一節一節的輪廓，它會不斷的往上生長，速度之快可是讓人咋舌的，有時甚至可用肉眼就能觀察出它的生長，因此竹子號稱是世界上生長最快的植物。

竹子虛空的枝幹，和它迅捷的生長速度，是否有直接的關聯？那麼一個心境能夠保持虛空圓融的人，對人世裡不可預測、多變難解的煩憂，是否有更堅強的勇氣去面對？

蘇東坡嚐盡了人生中多風多雨的苦難後，他知道風雨不可避免，那就「任平生」吧！不過他會持一根用竹子製成的手杖，陪他一起來走這段多歧的道路。這位可親的朋友會時時提醒著他，學學竹子的虛空，心境虛空了，才有剩餘空間盛裝他物，人才會慢慢圓融下來，面對人世間的苦難挫折，才有微笑以對的力量。

竹子的虛空，訴說的是禪學的精髓，也是帶領蘇東坡學習佛學的導師，更是蘇東坡在不得意時，最能給他力量的益友。

11. 夏意

宋·蘇舜欽

別院深深夏簟清，石榴開遍透簾明。

樹陰滿地日當午，夢覺流鶯時一聲。

　　夏天是石榴花開的季節，石榴花花季很長，從初夏到盛夏，橘紅色的花朵會一直濃豔的綻放在枝頭上。石榴花是外來花卉，原本生長在地中海沿岸，因為張騫出使西域，經過安石國，才有機緣帶回中國來種植，沒想到中原地區的風土氣候溫涼適宜，石榴花從此在這兒蔓延繁盛了。之所以稱為「石榴」，也是因為它原是從安石國帶回來的植物。

　　橘紅艷麗的石榴花，可以長到兩公尺高，花色美麗吉祥，果子成熟後會自然裂開，露出許多嫩紅透亮的種子，飽滿欲滴的樣子，看了總讓人忍不住想咬一口，因此石榴的果子還有一個有趣的別名，就叫「開口笑」；這名字該是根據它成熟時微微裂開的逗趣模樣而來的吧！

　　這些特點都讓人深深喜歡，因此石榴花就輕易的入主，成為

普羅大眾庭院樓角的盆栽了。但在古代，如有婚緣嫁娶時，石榴花就佔有舉足輕重的角色，因爲它的果實裡包含著纍纍的種子，象徵著多子多孫，所以迎娶一房新媳婦時，婆婆多半會在新房附近種上一株石榴，也是對新嫁娘繁衍後代的期許。

五月的當令花是石榴花，而石榴花的女花神是南北朝時北齊的安德王妃子——李氏，李氏之所以能執掌石榴花女神的職位，就和她的夙慧有很大的關聯。

當安德王正式納李氏爲妃時，李氏的母親託人送來兩個安石榴給安德王，沒有人知道其中的意含，只有李氏笑著說：「石榴房中多子，王新婚，妃母欲子孫多眾。」

姑且不論想要多子多孫的願望是否有些迂腐，但李氏這番解釋卻暖到安德王心坎裡了，能多子多孫，把自己無限的延伸出去，不就是古時富豪男子內心最大的希望嗎？

李氏的聰慧在於她掌握住安德王的心思，也掌握住人際中最微妙的關係。母親送的兩個果實，經過她一番巧妙的說辭，這兩顆果子，馬上成了無價之寶；同時，她也爲自己的娘家和夫家搭起一座穩固的橋樑，開啓了雙方一個良善的關聯。

夏日的午後，微涼的風吹來，看著紅豔如火的石榴花，真讓人忍不住要對李氏的聰慧發出會心一笑。

12. 城南

宋・曾鞏

雨過橫塘水滿堤，亂山高下路東西。

一番桃李花開盡，惟有青青草色齊。

「昨夜的一場風雨，讓水塘裡的水都滿溢出來了，但也因為一番春雨過後，不知有多少美麗的花瓣紛紛飄落。

今晨起來，山路有些泥濘，是昨夜那場雨的緣故吧！就連遠處的山峰看來都有些兒凌亂呢！每踩著一個步伐，就踩著一片片凋落的花瓣，是該為這整片的桃花、李花感到惋惜吧！其實也不用憂愁，你看遠方，不是滿眼的綠草青青嗎？」

如果你也是愛花人，如果你也曾親手栽植過花木，你就會懂得如何看待「短美」，人的心總會貪戀，尤其是對美好的東西、美好的記憶。為了長期保有它，所以你不停地在腦海中反反覆覆，一次又一次的回憶著，這樣你就不會忘記，這樣你就可以將它永久保存，只是事實真的是這樣嗎？

「短美」就是美在它短暫，美在它只有片刻，在短短的剎那

間，你的心靈和它有了片刻的交會，來不及用理智的眼仔細去評斷，所以你為它迷戀醉心。

如果花朵時時盛開、美景處處在，它永遠在那兒等你蒞臨恩寵，隨處可得、隨手可得，那它有何珍貴可言？

因為想要再次迎接記憶中的「短美」，所以你不斷地為自己親手栽植的花兒澆水灌溉，還要等待季節或時令的轉換，等著等著，等到它結了嬌嫩的花苞，等待它初初綻放的那一刻，然後你便知道，很快的，它又要凋零成春泥，只剩滿枝枒的綠葉。

全然的有，你的心不會快樂；全然的無，你也不會覺得傷心，可以抓住你心情歡樂或哀愁的，全在追求、獲得、失去這個過程了。花費心力追求的過程或許得揮汗如雨，但在獲得的那一刻卻又顯得甜蜜滿足，失去時呢？如果你越覺得它珍貴，你就越容易黯然神傷。

曾鞏的詩中有無限的哲理，只是在嚐著酸酸甜甜的李子時，你也會去回憶那些努力追求後又悄悄失落的人生片段嗎？無論如何，那也都是彌足珍貴的曾經啊！因為它們也有過在你記憶深處中的「短美」。

13. 六醜 落花

宋．周邦彥

正單衣試酒，悵客裡、光陰虛擲，願春暫留，春歸如過翼，一去無跡，為問花何在？夜來風雨，葬楚宮傾國，釵鈿墮處遺香澤，亂點桃蹊，輕翻柳陌，多情為誰追惜，但蜂媒蝶使，時扣窗隔。

東園岑寂，漸蒙籠暗碧，靜繞珍叢底，成嘆息，長條故惹行客，似牽衣待話，別情無極，殘英小，強簪巾幘，終不似、一朵釵頭顫裊，向人欹側，漂流處、莫趁潮汐，恐斷紅、尚有相思字，何由見得。

還是穿著單薄的春衣，我對著這暮春的景色獨自飲酒，你怪我虛擲光陰嗎？不！根本就是光陰棄我於不顧了？我知道春天美麗、春光珍貴，我是多麼希望它能為我再多停留一會啊！只是春天就像長了翅膀似的，消逝得毫無蹤跡了，我該去向誰問它的去處？

罷了！不是每個人早就知道光陰無法掌握嗎？接著你又發現了，連那些美麗的人兒也無法留得住；從前那些傾國傾城的佳人，誰管她當初多得寵啊！如今不也只剩下一坏黃土，可憐的是那些忘不掉過去，仍迷戀過往的人啊！空有那華麗美妙的記憶和那樣輝煌的過往、卻沒有一個可以回到往昔的方法，那些你自以為美好的記憶，最後卻成了催你淚水的傷心事。

　　你看看在窗前飛舞的蜂兒、蝶兒，牠們該是留戀著甜蜜的花朵吧！只是這般多情留戀之後呢？春過了，花謝了，蝶兒只能兀自在楊柳枝下不停迴旋飛舞吧！牠是該為找不到昔日的花蕊而疑惑悵網。

　　聽到嘆息的聲音嗎？是啊！多情總被無情惱，但多情是與生俱來的性兒，難改啊！不信嗎？你看看那楊柳，不也垂下了枝條，那模樣多像要輕輕拉著你的手，想跟你好好的說話。

　　楊柳的多情還能表現得出來，最怕的是那默默盛開著的花兒，雖有滿腹情思，卻始終靜靜待在那兒，情愫既無法說出，那麼就等待吧！等待一陣風颺起，讓它輕輕飄落而下，落在那人的衣襟上……

　　只能是短暫的停留，終究是落紅，得隨水流去；只是曾經被我深深保留在心裡的那份情緣，有人還記得嗎？如果最終還是被

人遺忘了，那麼我曾經對那人的相思情意又怎能被證明啊？

　　楊柳可以隨風飛舞，柳枝卻依然青青細長，既然留不住春光、留不住美好的記憶，那麼還能留住什麼？如果楊柳也可以回答，那麼這就是我最想問的問題。

　　你該說我是痴癲了吧？酒意正濃，詩興正起……是囉！有些濃濃的醉意，在暮春的楊柳樹下。

　　有次到一家咖啡店歇歇腳，那家店在陰暗的角落，店門口有兩棵垂著枝條的楊柳樹，應該是希望能留住客人吧！「柳」和「留」的音相似。

　　最特別的是喝完咖啡後可以算算塔羅牌，我在那家店裡坐了好一會兒，有個女子坐在我的斜對面，臉頰很消瘦，聲音低低切切地在問著問題，是跟愛情有關的…。

　　她…似乎抽到死神牌了，已經聽不清她在說什麼，可是她的聲音很急切，一個問題又一個問題，每個問題都企圖要留住心愛的人，但每次的答案都讓她傷心。

　　等我喝完咖啡，伸手向占卜師招手時，我看到那女子低著頭獨自一個人悲傷的哭了起來，舉在空中的手不知怎麼又垂了下來，我該問什麼？也是愛情嗎？這個千百年來讓女人傷了心失了魂的事嗎？

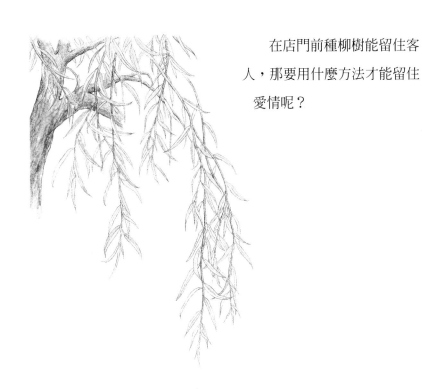

在店門前種柳樹能留住客人，那要用什麼方法才能留住愛情呢？

14. 醉起

宋‧許棐

午醉醺醺到日晡，起呼茶盌炷熏爐。

隔窗幾點敲花雨，仔細聽時卻又無。

　　聽說茶的故鄉原本在中國，十七世紀時經由海路傳到英國後，就漸漸改變了英國人愛喝酒的習慣，飲茶時間竟成了英國貴族們午後的休閒時光。

　　喝茶可以提神、可以清心，更可以是一種高尚的、有人文氣息的休閒生活。真正高深的茶道還融合了生活的藝術、禪的味道，如果真要仔細起來，那麼飲茶的學問可不是三兩下就說得清楚的。

　　品茶時得著重外觀、湯質、葉底，為了讓這三方面都能呈現最佳狀況，還得注重水質、水溫、時間……。如果你能安安靜靜的觀察茶道精神，那麼在茶的薰陶下，很快的，你會學到耐心、內斂和為人處世的道理。

　　只是當自己獨自品茗時，我會想到曉曉十八歲時的故事。

曉曉的媽媽總是清清爽爽挽著一個髻，一個溫婉不多話的女人，總有耐性可以一個人安安靜靜待在家一整天，等著丈夫回來，遞上一杯熱熱的茶，茶成了曉曉父親、母親的一種情感表達方式，那是一種初始清淡卻會慢慢回甘的愛情。

曉曉卻偏偏喜歡上一個在 pub 認識的英國男孩。白皙乾淨的外表，一口英國腔的貴族式英語，還有喝著琴湯尼時的憂鬱神情。愛情就像濃醇的烈酒，既濃烈又使人暈眩，曉曉這次是完全沉淪了，愛情來得轟轟烈烈，在 pub 裡，他們熱情擁吻，這是一場屬於青春的叛逆，也是一次為愛不顧一切的流金歲月。

不管那酒的價值是多高檔、酒的顏色多像琉璃琥珀，喝醉酒的下場卻都一樣慘烈，會暈眩、會嘔吐，還會讓你忘記自己是誰，是的！這些也都是曉曉的愛情症狀。

一直到曉曉從英國回來後，我才知道一個為愛沉醉的女子，該付出怎樣的代價，她是一個年輕的未婚媽媽，才二十歲啊！她懷中抱的孩子很可愛，一個中英混血兒呢！只是那個英國男人不告而別，現在也不知到哪去了。

別再去問曉曉後不後悔了。現在的她會笑著告訴你，她會跟著媽媽一起學茶道，一起學學怎樣經營一段清淡卻溫厚的愛情，看看這樣是否能醒醒那段年少時的醉酒情懷？

15. 茉莉

明‧徐石麒

佳人自南國，絕世號傾城。

色入三江重，香含百越清。

凌炎繁雪亂，傲午數星橫。

珍重籠予髮，殷勤感汝情。

潔白清香的茉莉是印度原產的花卉，茉莉這名字是從梵文直接音譯而來的，在佛經中又稱它為「鬘華」。

茉莉花從漢朝以前就傳入中國了，本來只栽種在海南島，慢慢的遍及中國南部，尤其以江南附近長得最好，因此茉莉花也贏得了「江南名花」的雅稱。

夏季才剛揭開序幕，茉莉花就會默默的吐露著芬芳；清晨時，在露珠的滋潤下，茉莉輕攏著蓓蕾，任由其他花卉去爭奇鬥艷，直到暮靄漸攏，就在短暫的分秒裡，整株茉莉的蓓蕾一瞬間全部綻放了，沁人的幽香瀰漫在晚霞滿天的黃昏，讓夏夜不自覺浪漫起來！

你曾仔細走入夏天的夜晚嗎？不只天空繁星點點，地上也有一朵朵茉莉盈盈綻放，這樣的夏夜確實璀璨華麗、繽紛浪漫。

　　茉莉不像牡丹的嬌貴，沒有玫瑰的華麗傲氣，更沒有百合的孤傲絕塵，它總是那樣淡雅謙遜的悄悄開放，悄悄將香味遍傳開來。這樣質樸、這樣淡然優雅的花卉，只有真正有內涵的人才懂得去愛惜吧！我只能在清晨時分，趁著太陽未升之際，輕輕將它摘下，將它別在我的髮稍上，讓那淡雅的花香時時縈繞在我周圍，這就當作是我對它深刻不捨的眷戀吧！

　　佛經常講的捻花微笑，所指的花是否為茉莉？在古時或稱「沒利」呢！沒了名利心，才有一股真正強大的力量從心底湧現開來，面對的不論是滋養的雨露或是惱人的塵埃，才能一視同仁，做到真正微笑以對吧！

　　佛說的捻花微笑，是一層上乘的修心法門，它得超脫一切的善與惡、愛與恨。在功力未到達時，至少我們還能在茉莉的花香裡，等待夏夜的一陣微風吹起吧！在那陣優雅的花香裡，所有煩惱和疲憊暫時都被洗滌而去了。

16. 和詠廨署有櫻桃

孫逖

上林天禁裏，芳樹有紅櫻。

江國今來見，君門春意生。

香從花綬轉，色繞佩珠明。

海鳥銜初實，吳姬掃落英。

切將稀取貴，羞與眾同榮。

為此堪攀折，芳蹊處處成。

　　櫻花樹的枝幹挺拔，春天來時繁花似錦，整個枝幹連一片葉子也沒有，細細小小的花朵織滿一樹的緋紅，那模樣煞是好看，如果能種植一整片山林，那麼你將會發現遍佈的美麗小花，好像為天空穿上一件織錦的碎花衣裳！

　　櫻花的國度在日本，聽說在距今兩個世紀以前，日本已經開始注重水土保持了，為了水資源的維護，就必須種植大片的林地。當時有個漢醫，不斷向天皇建議種上櫻花。櫻花不但花色美麗，還可以化解掉土壤裡的水毒，不但有觀賞價值，還可以發揮

實用的價值。

　　當時在日本的吉野山上，有一大片的野生櫻花，日本人就從那兒挖掘很多的吉野櫻，有計劃的將櫻花一株株種植在江戶（就是今天的東京）。不用多久的時間，櫻花就將江戶點綴成最美麗的城市了，接著，日本各地紛紛仿效江戶，有土壤的空地就種上櫻花，沒多久後，日本國土就遍植櫻花了，因此說到櫻花的國度，大家都會聯想到日本。

　　其實在中國、台灣也都算是櫻花的原產地，不過在中國，櫻花的地位卻不怎麼崇高，這和櫻花太容易凋落的特質有很大的關聯。

　　櫻花是種嬌弱的花，除非溫暖的春風一吹，它才肯冒出花蕾，但櫻花的花季卻又異常的短暫，四月過後，滿樹的櫻花就紛紛凋落，一片片美麗的花瓣，只能化為春泥。

　　同樣是短暫，但日本人卻對櫻花迷戀不已，他們即時把握了櫻花短暫的美麗，有機會就和家人、朋友一起在櫻花樹下聊天、下棋；獨自一人時，仍舊呼應了櫻花的招喚，就算只有孤單一個人，他們仍會在櫻花樹下讀書，有時還在落英繽紛的時刻彈上一曲優美的曲子呢！

日本著名的文學家三島由紀夫甚至還說：「生時要美如春之花；死時要如秋之楓紅。」他指的春之花應該就是櫻花吧！櫻花短暫的生命確實繁華燦爛，所以在凋落時會讓人憐愛不已；如果人的一生也能有過這樣的美麗時光，應該再也沒有憾恨了吧！

卷二

喚醒真誠心性

探索內在的潛能，揪出游
移不定的心，找出真正阻
礙你的絆腳石。

1. 簪菊

瓶供蘺栽日日忙，折來休認鏡中妝。

長安公子因花癖，彭澤先生是酒狂。

短鬢冷沾三徑露，葛巾香染九秋霜。

高情不入時人眼，拍手憑他笑路旁。

　　九月九日是重陽節，這日除了登高望遠外，不分男女老少都
會在鬢角插上菊花，但是這菊花已不同往日那般供養在水瓶、摘
種在竹籬芭時的樣子了。菊花原是象徵高潔隱逸的雅士，但世間
庸俗的人，雖然在鬢上簪滿了菊花，也只是在鏡前評比妝容罷
了！又哪裡會去欣賞它的雅緻呢？所謂的高雅，他們不見得看得
上眼，但菊花仍試著傲然的直起身子，管他們在那邊拍著手指指
點點、甚至丟棄在路旁譏笑毀謗啊！

　　總還是有懂菊的人吧！昔時的杜牧，他雖貴為豪門子弟，可
是卻也愛菊成癖；還有那不為五斗米折腰的陶淵明，他也曾在菊
花旁狂放的喝著酒。是為了感激那些懂菊的人吧！雖然猶帶著寒

露冷霜，菊花仍努力吐露著幽香，去薰染那鬢髮上的粗布頭巾。

　　菊花的花神是晉朝的陶淵明，他的詩有很濃的田園氣息，在那一派恬靜閒適的田園詩裡，總是出現詠菊花的句子。陶淵明是愛菊的，也是引菊花爲知己的人。是的！這也是因爲他們之間有相同的性質。

　　陶淵明曾經當過一個小官，叫彭澤令。這官位的俸祿只有五斗米，卻得不停的降低自己的尊嚴，向其他官階更高的人鞠躬哈腰，沒多久，陶淵明煩透了，他不再管世俗的眼光，非常帥氣瀟灑辭掉了官位，重新回到農村，過著他怡然自得的耕讀生活。

　　陶淵明這樣孤傲的氣節和菊花不畏秋霜的精神，總有某種程度的契合，後世畫家不但常畫陶淵明杖菊圖，也畫陶淵明玩菊圖，他也就成了九月菊花的花神。

　　你也是個痴人嗎？可以不管世俗的眼光，勇敢的遵循內在聲音而邁步前行的人？

　　敢當痴人需要一份莫大的勇氣，但一輩子的光陰不算少，如果你連自己最內在的聲音都不敢去聽聞，這一輩子的時間你也只是庸庸碌碌的爲別人活。在生命之光即將湮滅的那刻，我們都不知道嘆息的聲音有多沉重！

2. 山中答客

唐・李白

問余何意棲碧山？笑而不答心自閑：
桃花流水窅然去，別有天地非人間。

　　李白果眞是個奇特之人，以十六歲翩翩少年之姿，竟隱居在
深山中，一直到二十多歲，才開始和外界有所連結。

　　這首詩是李白當年隱居時所作的。當時太守仰慕李白的名
氣，想邀李白出來應任官職，李白知道推辭不易，就寫下這首
詩，表達自己想要過著閒適生活的心意。

　　深山綠林的生活有什麼吸引人的？除了鬱鬱林木、除了野花
閒雲，生活不是挺孤單、挺不便的嗎？但是看著緋紅的桃花，隨
著流水悠悠流去，這樣簡樸自然的生活，卻會滋養著內在最貧瘠
的靈魂，讓心靈自在、悠閒的呼吸著青綠色的空氣。所以只有野
地裡自然樸實的生活才能成爲李白心嚮往的桃花源，不是沒道理
的！

　　文明科技所建構出來的生活，或許精緻便利，但在舒適便捷

的環境裡，身體雖然安穩舒適，可惜內在心靈卻越來越渴望飛離，到一個有綠林、有鳥鳴、有流水的地方，或許那兒還有一樹微微綻放、美麗動人的桃花呢！

這樣理想的生活空間，千古以來就成為一群騷人墨客共同追尋的夢土，姑且就稱這樣的地方為桃花源吧！關於桃花源，在古代還有個奇特的傳說呢！

在東漢永平年間，有兩個年輕人，一個叫劉晨，一個叫阮肇，他倆結伴要到天台山去採藥，卻在山林裡迷了路，正當他們又飢又渴，不知所措時，在不遠的地方，竟出現一大片桃林，沿著桃林，有一條清澈的小溪，劉晨、阮肇順著溪水走下去，卻在途中遇見兩個絕色女子，回家的路對兩位年輕人來說不再那麼重要了，他們成了兩對夫妻，快樂無憂的在桃林裡，過著神仙美眷的生活。

安定的日子過久了，兩個年輕人泛起思鄉的愁緒，執意告別嬌美的妻子，千辛萬苦的尋覓，終於尋著了回鄉的路。然而家鄉對年輕人來說，卻已成了陌生不可識的地方了，原來他們之前到的桃林，是仙鄉，那裡的一日是凡間的一年。但不論怎麼努力摸索，他們再也無法回到那樣的夢幻仙境了。

不管故事中的桃林仙鄉是真是假，但可以肯定的是桃花源不

一定只出現在仙境，只要心中有一處綠意，何處不是桃花源；如果心中老是被凡塵俗事所浸染，那麼即使你居住在清幽雅緻的地方，勢必擺脫不掉終日的惶惶不安。

那麼你心中理想的桃花園在何處？是豪華的高級別墅還是清幽的山林深處？

有人說大隱隱於市，只要心靜了，不管你身在何處，都能自在快樂，一旦你的心有所求，或者有夢想要去追逐，那麼再舒適的住所也會變成一個華麗的牢籠。

幾年前我曾在醫院當義工，一直隱隱約約覺得義工隊隊長王姐的氣質不凡，等到真的和她混熟後，竟然發現她來醫院時都是由司機接送，原來她是某個大公司的老闆娘。

為什麼不去過著吆喝菲傭、血拚、喝下午茶的奢華生活？處在這個每天迎接生死病痛的醫院，會比百貨公司涼涼的冷氣舒服嗎？

面對我的疑問，王姐只是笑笑的。她曾經是醫院的護士，年輕時因為要幫先生創業，才離開她最愛的工作，現在她有錢有閒了，她以當義工的方式回到醫院，能在醫院幫受到病痛折磨的人脫離苦難，這是王姐最有成就感的事，對她而言，醫院是她的桃花源，能讓她感受到實踐自我的快樂。

桃花源在何處？我想每個人心中自有一番定見吧！

3. 紅牡丹

綠艷閒且靜，紅衣淺復深。

花心愁欲斷，春色豈知心？

　　牡丹花不愧是花中之王！就連花萼下的葉子，都濃綠艷麗，遠遠看去，竟是一派嫻雅端麗，加上那紅艷的花朵，在陽光照射下，更顯得明艷動人。

　　看著牡丹花令人傾倒的絕色容顏，就真的以為它集結了人世間所有美好與歡欣嗎？有誰注意到它也有憂傷滿懷的時刻？是它的外貌太過耀眼奪目？所以才連時時輕撫牡丹花瓣的春風，都不知曉在它最深處的花心，包含著千萬種愁絲嗎？

　　人常會被美麗的東西所眩惑，而忘了它的本質與實用價值，所以在衣櫃、在儲藏室裡，我們堆了滿滿外表美麗，實際上卻是不堪使用的物品，在不經意與這些東西對眼後，你是否也會深深皺起眉頭？

　　美麗的外表對一個人來說，是上帝莫大的恩寵，但往往也因

為外表太過美好，讓其他部分都被忽略了，這樣的美麗是幸還是不幸？

外貌的美麗與否不是自己可以決定，但才華洋溢或個性迷人卻可以憑著自己的努力來為自己打造。

能為自己做些事是令人羨慕的，能由自己來改變的部分也是令人信心加倍的！所以，拋開外貌的束縛吧！開心、快樂是自己給自己的，魅力、能力也是自己可以為自己加分的，至於美麗，它不見得帶來快樂、也不是你可以決定的，那，就讓它去吧！

4. 玫瑰

唐‧唐彥謙

麝烓騰清燎，鮫紗覆綠蒙。

宮妝臨曉日，錦段落東風。

無力春煙裡，多愁暮雨中。

不知何事意，深淺兩般紅。

　　玫瑰深層的美，遠在唐朝的唐彥謙就有細緻的體驗。玫瑰的香是令人難以忘懷的，你不見得要將它放在鼻間，就會有一股濃濃的、令人沉醉的香氣飄散開來。沒錯！那香味帶有微酒的香醇，讓你陶醉、讓你忘我！只有它的花瓣美麗嗎？不！它的葉片也別有風情呢！

　　「遠看彷彿一層湖綠色的紗巾鋪在上面，有種柔光似的美。要說最惹人愛憐的部分，就得說它的姿態了，別看它好像盛裝的美人，就該處處端莊嚴謹；在春天的雲霧裡，它嬌弱無力的紅艷著；在黃昏的雨中，它又像含著數不盡愁緒的人，是因為它不易讓人懂，所以我才朝朝暮暮惦記著它嗎？

只是此刻，我怎麼覺得它深深淺淺，顏色有了不同的變化，是我看太久，看得眼睛都花了嗎？還是它要向我透露什麼意涵呢？」

現代感十足的你，該知道現在的玫瑰有著令人既期待又怕受傷害的花語吧？沒錯！我們叫它「愛情」。

看過小王子這本書嗎？小王子離開了他心愛的玫瑰花，獨自去旅行。

在旅程中他看到一大片盛開的玫瑰花，當小王子走近後，只是淡淡的告訴那些玫瑰花：「你們都很美麗，可是你們也都很空虛，沒有人會為你們而死。當然，一位普通的過路人會認為我的玫瑰花跟你們沒有差別。可是因為我曾經幫她澆過水，為她殺過許多毛毛蟲，聽她抱怨、聽她吹牛，有時也看她沉默不語，所以她是一朵比你們更重要的玫瑰花。」

聽完小王子說的話，你知道玫瑰、知道愛情了嗎？

唐彥謙在這首玫瑰詩中為何沒提到玫瑰那會扎痛人的刺？卻是字字句句都是玫瑰的美和好？

只要你真的陷入愛情裡，你就明白了！不管那人哭、那人笑，你都覺得他可愛。

不管你得為他做什麼，你都會心甘情願，甚至奮不顧身，因

為他已馴服你，他在你心裡已扎了根，縱使身旁出現一個再好的人，你也懶得回顧，甚至根本看不見。

雖然你明知道愛情會傷人，就像玫瑰的刺會扎人，但是你不會逃開，就像唐彥謙，連玫瑰有刺他都不願提！

我想小蜜的故事也許值得一提。

小蜜長得清清秀秀的，話不多，看見人總是甜甜的一笑，但是當你看見她男友時，你會開始懷疑到底是哪個地方出了錯，那是一個莽撞衝動的魯莽男子，說不到兩句話就想找人幹架，小蜜卻總是在旁邊輕輕的拉著他，一直說著別這樣嘛。

不知他們交往多久了，下次再見到小蜜，我們看到她一身是傷，這一次小蜜還是笑笑的，但是眼裡似乎有淚光在閃爍，她搖搖頭，表示不願意多談，但是大家都是明眼人，唉！又是那個魯莽男友幹得好事。

小蜜這次應該會離開他了吧！一大票朋友都這麼認為，但是下次再看到小蜜，她的身邊依舊是那位魯莽男子，唉！大夥只能深深嘆一口氣…

是小蜜太笨嗎？不！我想小蜜只是被迷惑了，被魯莽男子迷惑嗎？不！她只是被自己的愛情所迷惑了，在她自以為是的愛情裡一次又一次的編織著美麗的夢，為了讓那個愛情的夢持續下

去，只好一次又一次原諒傷害他的人，或許等哪一天愛情的夢醒
了，她才能真正離開吧！

5. 解連環

宋‧周邦彥

怨懷無托。嗟情人斷絕，信音遼邈。信妙手、能解連環，似風散雨收，霧輕雲薄。燕子樓空，暗塵鎖、一床弦索。想移根換葉，盡是舊時，手種紅藥。

汀州漸生杜若。料舟依岸曲，人在天角。漫記得、當日音書，把閑言閑語，待總燒卻。水驛春回，望寄我、江南梅萼。拼今生，對花對酒，為伊淚落。

「解連環」原是一個整人的遊戲，也是一個挑釁的行為。不過在這闋詞裡，卻是周邦彥對愛情一種無可奈何的解答。

據《戰國策‧齊策》記載，秦昭王曾派遣使者送齊國的皇后一枚玉連環，還請使者傳了口信：齊國有聰明才智的人可以解得了玉連環嗎？

眾臣子圍繞著玉連環，大家都一籌莫展，望著一個玉環緊扣

著另一個玉環，齊王的心也糾結在一起了。環環相扣，一個鎖鏈拖著另一個鎖鏈，讓人瞧了好心煩。除非你果決、除非你拿出魄力，否則這團纏繞不清的關係，你永遠無法擺脫！

這道理只有齊皇后明白，她拿出一把錐子，重重往下一敲，這就是最佳解答！

「解連環」做為詞牌名，就出自這典故。周邦彥這闋詞裡有的是他對愛情的失落，和對情人離去時無解和無奈的情緒。題為解連環，或許他要說的是愛情裡有諸多的問題都是無解吧！除非你有魄力，重重的一敲，將它通通打碎，問題也就不存在了！

「她說要和我分離，方式是那樣堅決，我知道怎樣都挽回不了。難道她從未想起過去我們之間所有甜蜜的種種嗎？還是她那雙纖細的手，是解連環的高手？無論再怎樣恩愛纏綿，她總是能輕易的解開來。也許她的感情就像風起風散，那般輕易、那般捉摸不定？

而我，真的不敢再看那架我們曾經一起撥弄過的琴啊！別過頭去，卻看見園子裡那一株株的芍藥花，正嬌艷的盛開著。這不是我們當時一起栽種的嗎？當時你還笑著告訴我：如果是對有情人，那就一起種下芍藥花吧！芍藥可是最多情的花卉，它會讓我們的愛情長長久久的……如今呢？唉！真是無端起情愁啊！你人

去了就去了，爲何還要留下這些情種呢？

我無法寄望你有再回來的一刻，也不能揮卻那些有你的回憶，怎麼辦？如果我對著花兒抨酒，它可知道我是爲你而落淚？」

芍藥花是有情花，在古時，情人間爲了表達你濃我濃的情意，會一起合種一株芍藥花，可惜的是情人間的山盟海誓總是容易變了調，那時，兩人共有的東西、共同的回憶該怎麼辦？

情人之間分手了，要不要把彼此之間的信件和紀念物通通銷毀？這個問題一直被討論著，你覺得呢？

如果兩人的情份依舊在，那麼再細小的物品、再微不足道的小事都會勾起情人的愛憐，如果情份不再了，即使另一個人再怎麼痛徹心扉的哭喊著，看在那負心漢的眼裡就像在看一場無聊的肥皂劇罷了。

爲了立下決心要忘掉那個負心漢，所以狠下心換掉兩人甜蜜恩愛時的物品和場景，甚至連和他當時在一起的習慣和嗜好都一起戒掉好了，唉！真的別費事了，等吧！愛的相反不是恨，是不愛了，等到有一天，當他出現在你面前時，你會突然想起來：「喔！原來我曾經愛過他啊！」等到那天，表示你已經不愛了，那一天，這人的一切對你來說都已平凡無奇，他只是個再普通不過的人而已。

既然擦不去、抹不掉，就讓它繼續存留在那裡吧！看著芍藥花盛開又凋零，它不見得再有任何意義了，但它或許可以提醒著受苦的人，這都只是生命中自然演變流動的過程罷了！

6. 紅玫瑰

宋・楊萬里

> 非關月季姓名同，不與薔薇譜諜通。
> 接葉連枝千萬綠，一花兩色淺深紅。
> 風流各自燕支格，雨露何私造化功。
> 別有國香收不得，詩人薰入水沉中。

　　月季、薔薇、玫瑰，三者都屬於薔薇科，因此很多人在不願細分的情況下，不是通稱為玫瑰，就是全叫薔薇！楊萬里是真的喜愛玫瑰花的，他不但欣賞玫瑰的丰姿，還研究玫瑰的身世，開頭的詩句他就一語道破，玫瑰不論在色、香、韻都是三者中最高雅華麗的。

　　玫瑰又叫「買笑花」，這樣有趣的名稱是從漢武帝和他的寵妃——麗娟的一段對話而來的。

　　有天，漢武帝帶著麗娟到御花園散步賞花，當時滿園玫瑰盛開，姿態萬千，那模樣好似佳人盈盈含笑，漢武帝多日來的煩悶一掃而空，他不禁笑著對麗娟說：「這些花的模樣，和你微笑的

樣子好相似啊！」麗娟也半開玩笑的說：「那皇上您認為笑容可以買嗎？」武帝不假思索的回答：「可以啊！」。

沒想到麗娟竟遞給武帝一條黃澄澄的金子，半瞇著眼，笑著說：「那我用這些錢買皇上的笑容，希望您天天笑口常開！」就這樣，漢武帝一整天的笑容都被麗娟買走了。其實，麗娟不僅買到皇上一整天的笑容，還買到了皇上對她的另眼相待呢！當然，這其中愛情的苗芽也正迅速發芽茁壯喔！

楊萬里這首詩中提到的「紅玫瑰」，在當時是玫瑰科別中最珍貴、最少見的品種。而且正統的紅玫瑰可以在同一株花的莖幹上，長出深淺兩色不同的花朵，但一深一淺的花朵，卻各自有素雅與艷麗的姿態，這才是最難得的部分！

「紅玫瑰」不再像古代一樣珍貴難得，但是佳人的笑顏，卻還是需要花費心思才看得到，因此很多人會選擇送上一束紅艷的玫瑰花，希望贏得佳人歡心的笑容，從此，玫瑰花的功能好像也真的符合了「買笑花」這名字了。

只是玫瑰並不是像想像中那麼容易栽種，你以為土壤肥沃、水分充足就足夠嗎？不！它只會不斷的長著葉子，花信卻遲遲未來，後來，只好試著將它移植到陽台去，沒多久後，纍纍的花苞像是突然驚醒似的，一個個爭先的冒出了頭。唉！原來玫瑰還需

要充足的陽光啊！

　　一個人的笑容也一樣吧！並非衣食充足，就可以天天笑容滿面要從心底真正發出微笑，是需要時時存有希望、溫暖的感覺的；就像陽光，因為讓玫瑰感受到暖洋洋的希望，才能喚起玫瑰，讓它的花蕊有盛開的力量！

　　關於玫瑰花，我想起佳玫的事。

　　我們住在同一層公寓，或許因為她的名字有個玫字吧！她對玫瑰花特別情有獨鍾，她在陽台上種了一株又一株的玫瑰花，非常賞心悅目。

　　沒多久我們家樓下常站著一個捧著玫瑰花的男子，是佳玫的追求者，真是讓我們大夥又羨又妒，可是佳玫似乎不動心，但當我們也逐漸忽略這件事時，佳玫竟然公佈她接受這位癡情男了。

　　呵呵…遠遠的看這男子似乎還不錯，近看後卻嚇了我好大一跳，他臉上坑坑疤疤的，似乎青春期時被青春痘嚴重困擾過吧！但是佳玫竟然接受他了。看著我們一臉疑惑的表情，佳玫笑著說：「你以為玫瑰花真的能買走我的心啊？我看到的是他在玫瑰花下有一顆真誠的心。」

很多時候情人講的笑話一點都不好笑，我們卻能開懷大笑，那是爲了他願意爲我們講笑話的誠意感動了，就像佳玫並不是眞的愛上那男子手上的玫瑰花，而是愛上他在一束一束玫瑰花下誠摯的心意。

7. 禾熟

宋‧孔平仲

百里西風禾黍香，鳴泉落竇穀登場。

老牛粗了耕耘債，嚙草坡頭臥夕陽。

有個傳說，是關於人類與稻米、牛、狗之間的故事，它雖來自古老洪荒，卻這樣代代口耳相傳下來。

在古老的年代，人類還不知莊稼為何，只知鎮日與野獸為伍，從野地獲取果實，從野獸身上獲取肉食。突然有一天，大地上洪水肆虐，野獸們也遭了殃，人類沒有食物也沒有居所，終日悽悽惶惶，天帝看著人類這樣流離失所，心起憐憫，想將天上才有的珍貴植物──稻子──送給人類，詢問了眾多動物們的意見，看看誰願意幫人類的忙，將稻子運送至人間，也教教人類如何培育，如果這計劃能成功，人類安穩舒適的日子就會來臨。

沒想到動物們都拚命推辭，憨厚的水牛看看自己身強體壯，又因為不怕水，只好怯怯的說：「那我來試試吧！」這時調皮活潑的狗也不甘示弱的說：「我也會游泳喔！我也要試試。」

才剛到凡間，沒想到就看見洪水幾乎淹沒了大地，水牛害怕極了，想逃回天界，狗兒看穿了水牛的膽怯，急忙抓住牠，再把水牛身上所剩無幾的稻米護持住，在狗兒的勇敢堅持下，稻米才能安全的送到人類手中。

大水退去後，人類開始學習過著稻種生活，當然，這其中居功厥偉的狗兒立刻成為人類最忠實的朋友，它可以分享人類的食物，接受人類的豢養；至於牛，牠那臨陣脫逃的模樣，連天帝看了都生氣，就下令水牛從此得幫人類一起種植稻子，一起分擔種植稻米的辛苦。

不管這故事是不是真的，它卻提供了一個有趣的想像，解釋了稻米的由來，也說明了牛、狗與人類之間親密的關聯。

不知孔平仲是否也聽過這樣的傳說？但是看著老牛耕種完畢，靜靜臥在夕陽下休息的姿態，牠該是滿足於這片刻的安歇吧？還是這當兒的水牛正懷想著當年的景象，還是後悔自己當初的懦弱呢？無論如何，當炊煙陣陣升起，一陣撲鼻的稻米香就會瀰漫開來，老農夫在這時總會摸摸水牛的頭，這其中對水牛的辛勞有感激也有不捨吧？

8. 西江月

宋詞・辛棄疾

明月別枝驚鵲，清風半夜鳴蟬。

稻花香裡說豐年，聽取蛙聲一片。

七八箇星天外，兩三點雨山前。

舊時茅店社林邊，路轉溪橋忽見。

　　中國人是以農立國的，一年當中最重要的大事就是栽種水稻這事兒了，為此還將一年等分成二十四節氣，每個節氣都記載著氣候變化與莊稼之間的關聯，你可別笑這樣的行為無聊，靠著稻米養活的中國人可有億億萬萬，數都數不清呢！

　　如果風調雨順，稻子的需水量夠，農人一年來的辛苦就有了代價。一粒粒黃澄澄的稻穗就會長滿稻稈，當穀倉有滿滿的收藏，農家一年的食糧都儲存夠了，老農夫那揮著汗水，黝黑的嘴角這才終於裂嘴而笑。

　　因為稻子的關係，中國人老是離不開土地，認為人不親土親，而且還重土安遷呢！如果離開了土地，再也不能種莊稼了，

接下來的生活該如何安適？就這樣一代又一代的繁衍，子子孫孫都在同一塊土地上過著農業生活。

因為重視土地，所以中國人不願遠行；因為重視土地，所以得不斷的開墾荒地。在山坡上，你甚至可以看見一個個綠色的階梯，那就是農人與山坡爭地而開墾出來的梯田。

姑且不論數千年來中國人這樣的生活模式如何，但是看著黃澄澄的稻穗在金黃色的陽光下閃耀，那姿態確實是萬分動人的，連老農夫對稻子依依眷戀的心情，在這時的你我都能體會到。

那夜晚的農村呢？可有另一番迷人的味道呢！你要靜靜聽喔！稻子會在風的輕拂下，隨著夜風輕輕唱著歌，水田裡也有熱鬧的蛙鳴聲一起來唱和呢！如果還覺得不夠，那就抬頭看看夜空，鄉村的生活不會太闃暗的，滿天的星星會不停眨著眼睛，為你點亮前方的路！

你看！辛棄疾不是開心的說著舊時的那家老店，轉個溪橋以後就看見了嗎？多虧那明亮的星星帶路呵！

農村的生活是隨著稻種時序而訂定的，這其中的變化遷動大多在農人的計劃中，雖然忙碌，卻有種恬適和樂天知命的開朗，有空你也去走走類似辛棄疾走過的鄉村小道吧！

9. 三衢道中

宋・曾幾

一夕驕陽轉作霖，夢回涼冷潤衣襟。

不愁屋漏床床濕，日喜溪流暗暗深。

千里稻花應秀色，五更桐葉最佳音。

無田似我猶欣舞，何況田間望歲心。

　　曾幾雖是個手無縛雞之力的讀書人，卻有憂心家國的情懷，對農人的喜悅與憂愁也是感同身受的。農人一年生活的溫飽，全靠稻作的收成而定，但是稻子長得好不好，除了需要農人不停歇的勞動外，還得看老天的臉色，農人所能給予的頂多是鋤草施肥吧！至於水和陽光，就只能祈禱上天讓今年風調雨順！

　　但是天不從人願時該怎麼辦？眼看驕陽一直高掛天空，日復一日，讓人禁不住以為這是上天要給予人類最嚴厲的懲罰。到底做錯什麼？道士、巫師輪番上陣，期望能與天神做誠懇的交流；一次一次繁複的儀式，眾人都跪倒在祭壇下，只求一片烏雲掩蓋住那輪火紅的艷陽，下一場及時雨吧！有了雨水，稻子就有了生

長的養分，生活才有了依靠。

久旱後降下的第一滴雨水是最珍貴的，眾人們該是欣喜若狂，就連曾幾也感動得說不出話了，那麼久的乾旱終於解除，人民的痛苦該是要結束的時候了！

「只要上天能降下雨水，讓乾涸的河流繼續潺潺的唱著歌，我才不管我家那破了洞的屋頂，是否正滴滴答答的漏著水呢！」曾幾張開雙臂迎接著漫天而下的雨滴，開心的吶喊著。

再不用多久，放眼望去，那千里般寬闊的田地上，就會有黃澄澄的稻穗隨風搖擺了，那樣的景色應是秀麗怡人的。雖然我一塊田地都沒有，不過我也好開心哪！至於那些擁有一畝又一畝良田的農人呢？我想他們該是歡欣鼓舞的吧！如果田間那一畝畝的土地，長滿金黃色的稻穗，就可以保證他們全家一年的溫飽都不用發愁了呢！

如果你曾嘗試過農家生活，你就能懂得這首詩的深意。稻穗是否飽滿豐碩，農人可是在乎的不得，所以在雨水充足稻穗初長成時，農人還有另一層煩惱哩！為了防堵那一隻隻貪食的麻雀，農人只好費盡心思，在田地間架上一個個稻草人，那模樣遠遠看去，果真像極了一個個盡職的守衛顧守著稻穗，不只是赫阻了麻雀，就連小孩看了都嚇了一大跳呢！

一大片黃綠色的土地，中間穿插著的是一個個身穿花布衣裳的稻草人，那景色訴說的是農人將稻穗視爲珍寶的心情；曾幾這首詩裡瀰漫的是對雨水的期待與歡欣，這兩者之間的關聯不言而喻了。

　　只要你是中國人，只要是曾經下過田、種過莊稼的，對白米都會有一份特殊的情感。

　　那是小時候發生的事了，爺爺對弟弟疼愛有加，不管他犯什麼錯都可以大事化小，小事化無，唯獨那一次，弟弟被爺爺很狠揍了一頓，那天弟弟不知在發什麼脾氣，就連桌上一包白米也都遭了殃，只見他氣急敗壞，兩手一推，那一大包白米嘩啦啦不停的傾洩而下，一粒粒白米都滾落到地上，不知死活的弟弟還用雙腳踐踏下去，或許以這種方法，可以讓他的憤怒消解掉吧！

　　這一切看在爺爺眼裡簡直是大逆不道，兩大巴掌下去，弟弟著實愣住了。白米在爺爺眼裡是老天給的恩賜，是所有汗水和辛勞的結晶，吃著白米飯時應該要一口一口慢慢品嚐，一粒都不准浪費的！

　　現在的物資豐富了，白米不再珍貴，或許這得感謝科技帶來的方便，但是那些曾經流著汗水，辛勤耕耘的往事，卻是我們中國人五千多年來共同辛勞的記憶，雖然這已是不愁吃的年代，但

千萬別輕易浪費你眼前的食物，這代表的是一種尊敬，也是一種感恩。

10. 寄黃幾復

宋・黃庭堅

我居北海君南海，寄雁傳書謝不能。
桃李春風一杯酒，江湖夜雨十年燈。
持家但有四壁立，治病不蘄三折肱。
想得讀書頭已白，隔溪猿哭瘴溪藤。

　　因為時空的不同，思念的深度也就不同！黃庭堅和好友黃幾復已經多年不曾謀面了，他們之間連書信也無法通連得上，這樣的友誼靠什麼來維持？

　　是昔日在桃樹、李樹下開懷暢飲、促膝常談的美好回憶嗎？還是他們之間真的有心靈相通的力量？處於 e 世代的我們，真的難以想像這樣的友誼方式啊！

　　關於友誼，e 世代的我們自有聯繫的方式，每個人都有一個手機號碼，只要是朋友，就將他們的號碼，分門別類的輸入自己的手機裡，有音樂、有符號，可以用來提醒自己，這樣的朋友和你之間存在著多少友誼指數。

煩了、膩了，不想再和從前的朋友圈有關聯，那就換支手機、換個號碼，輕易的換了身分，也換掉週邊的朋友了。

　　科技如此發達，人類的生活變得輕易又簡單，想聽到誰的聲音、想滲入誰的生活，只要一組號碼，所有的想念立刻出現，只是這樣的友誼卻缺乏深度，所謂的思念，以某個部分而言也就不復存在了。

　　處在通訊便捷世代裡的你，可以想像這首詩的意境嗎？在孤燈下寫著詩，懷念著好友，黃庭堅的背有些佝僂，頭髮也有些斑白，闊別十年的人了，在黃庭堅的腦海中該怎樣去描繪黃幾復的身影呢？

　　靠的是當年趁著春光，在李樹下吟著詩、喝著酒的舊時回憶啊！只是現在的黃幾復好嗎？黃庭堅無法觸及到事實，只好在孤燈下用想像來彌補了。

　　「經過多年的磨練後，在政治閱歷上，你該是才能不凡的吧？或者你也同我一樣，在寒夜裡孤獨的讀著書？

　　如果是後者，那你是不是也同我一樣，還隱隱約約可以聽到從江岸邊傳來猿猴悲切的聲音，聽在耳裡，你是不是也覺得有萬分悽愴？」

　　友誼的長度和深度，是需要交心之後才能建構得起來的，不

是天天膩在一起的關係可以比擬，更不是用交換手機號碼這行為就可以儲存下來的。

你有過傷心和寂寞的時候吧？你會一個人喝著悶酒嗎？還是大吃一頓洩恨？或者來一次大血拚呢？

當這些招數都用過了你該怎麼辦？翻開好朋友名單，卻發現沒有幾個深交的朋友，唉！心情真的盪到谷底，非得找個人聊不可，那只好上網，找一個暱稱，隱藏起自己的身分，隨便找人聊聊。

在網路上或許可以遇見知心人，或許還能一拍即合，但是這樣就不會再孤單寂寞了，是嗎？

那只是一個虛擬世界，一個人人都可以偽裝、可以隨便的世界，不如回來吧！

回到真實的世界，真心誠意去經營一段純真的情誼，這樣情感才能長久，也才能深刻！

李花的美在於瞬間，飄落也在瞬間；友誼也是，除非你倆真正交過心，否則消逝也在瞬間，風起了、雨落下了，有幾段友誼不會因此失落呢？你在心頭可有把握？

11. 病起荊江亭即事

宋・黃庭堅

翰墨場中老伏波，菩提坊裡病維摩。

近人積水無鷗鷺，時有歸牛浮鼻過。

伏波指的是漢朝馬援將軍，他不但在文壇享譽盛名，還能帶領士兵馳騁沙場，建立無數汗馬功勞，一直到六十二歲，仍是一名在戰場上奮勇殺敵的悍將；菩提坊指的是寺廟，維摩則是佛教裡的人物，在佛教經典裡說他現身時身體還是帶著病痛的。

黃庭堅寫這首詩時已經五十七歲了，仕途非但不得志，還連續遭人誣陷，被貶官到黔州去，好不容易遇到赦免時，卻在回京的路途染上重病。

一個人孤獨的在異鄉養病，心中一面惦記著親人，一面奢求著回京後要在皇上面前好好發揮長才，黃庭堅在病房裡睡得可是一點都不安穩啊！

再多的困難、挫折，對一個英雄來說，都只是外在環境的考驗，沒什麼好怕的，但是老和病可就不同了，它摧毀的可是一個

人的意志力和耐力，喪失了意志力和耐力，那和一般的凡夫俗子有何不同？

又老又病的黃庭堅，抖著無力的雙手寫下這兩句詩，他只能不停的自我勉勵，希望自己能像馬援將軍，跨越年齡的限制，依舊能在文壇、政壇大展所長；更希望自己能效法維摩，就把病房當成是菩提寺廟，克服病痛的磨難，好好振作！

人生不會有一重重克服不了的難題，黃庭堅深信自己的病會有痊癒的一天！況且推開窗子後，還可以看見泡在水中的老牛，將頭浮在池塘上，逗趣的模樣惹人發笑；一行行的沙鳥鳥也會臨著溪邊飛行而過呢！這樣的景致可是充滿盎趣的生機，怎可對人生失去希望和信心呢？一陣春風輕撫過黃庭堅的面頰，一股希望的光芒，一定熱烈的自黃庭堅的心底升起吧！

菩提樹上滿滿心型的葉子，它訴說的是佛教裡最有深度的智慧，「心」能凌駕光速，以最快的速度，護送你到任何想到達的境地；「心」是所有力量匯聚的地方，它會帶領你突破種種災厄和危難！

因為有心，黃庭堅才有力量從又老又病的囹圄裡展翅高飛；因為有心，才能激起他願意實踐理想和抱負的決心。

12. 鷓鴣天

清末民初・張爾田

六十明朝過眼新，鏡中吟鬢老於真，

寄生槐國原無夢，避世桃源豈有津。

蒼狗幻，白鷗馴，安排歌泣了閒身，

百年垂死今何日，曾是開天樂世人。

關於槐樹，是有一個迷幻的傳說。

傳說在唐朝，有一個叫淳于棼的年輕人，因為仕途不順遂，鎮日沉迷於抱怨與酒精中。有天，他又醉倒在一棵槐樹樹蔭下，當淳于棼在迷迷茫茫之際，突然看到一群衣冠整齊華麗的隊伍出現在他眼前，在眾人的簇擁下，他坐進了大轎子，從那一刻起，這位迷茫少年的人生有了很大的轉折。

他到了槐安國，娶了美麗賢淑的槐安公主為妻，在槐安國裡，他享有舉足輕重的地位。人生中最重要的三部分，他可是安安穩穩的握擁著，不但愛情得意、家庭美滿，甚至官運亨通。

平順快樂的日子過了二十多載，一直到公主病逝，淳于棼的

人生才又起了波瀾。不知爲何，原本在淳于棼身邊簇擁著他的人，突然間變成陷害他、栽贓他的小人；原本驍勇善戰、足智多謀的他，竟然一籌莫展，而且還打了一場慘敗的戰役，除了心灰意冷，也覺得滿身疲憊，使淳于棼決定告老還鄉。

當瘦弱的驢子載著年邁的淳于棼顛簸的往前邁進時，他不自覺恍恍惚惚地進入睡夢中，夢中他感覺到有一陣響亮的聲音正呼喚著他，醒時，他竟然發現自己還是那位在槐樹下、布衣素履的不得志少年。

原本一頭霧水的淳于棼，看著身後倚臥著的老槐樹，再看到槐樹的樹根下一個碩大的螞蟻窩，他在那一瞬間頓悟了，夢中的槐安國確實是有那麼一回事，只是所參與的、螞蟻世界的二十多載，竟是他午後一場夢的濃縮，夢醒後，他也不再眷戀俗世的一切官名利祿了。

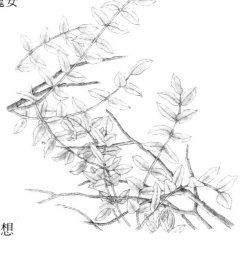

想到槐樹，你想到什麼？想到淳于棼的故事、想

到浮生若夢？沒錯！六十歲的張爾田在他即將過六十歲生日的前夕，寫下這首鷓鴣天的詞，訴說的就是這樣深切的感觸。

六十多載的春花秋月，人生的悲歡離合哪樣沒經歷過？看著鏡中斑白的髮絲，仰望窗外的白雲飄過，人生就這麼瞬間了悟了！或許我們不能有淳于棼的幸運，也不夠聰慧敏捷，關於人生的習題，還得像張爾田一樣，得不斷的經歷再經歷，才有機會說已將人生看透吧！

卷三

養成質樸胸懷

觀望一棵植物，你能悟到
它如何以質樸來維持內在
的和平。

1. 涉江採芙蓉

古詩十九首

涉江採芙蓉，蘭澤多芬草。
採之欲遺誰，所思在遠道。
還顧望舊鄉，常路漫浩浩。
同心而離居，憂傷以終老。

芙蓉花分為木芙蓉和水芙蓉，水芙蓉又稱蓮花或荷花，臨水而生，花瓣清新脫俗，總是讓人喚醒美好的記憶。詩中的女子被美麗的芙蓉花吸引，馬上想起要將它送給心愛的人，甚至願意冒著危險涉水而下，好不容易才採擷到芙蓉花，正滿心開懷時，才想到要送的那個人在遙遠的他鄉，那麼遙遠的距離，怎麼能送得到呢？

唉！距離真的不是問題嗎？我們彼此相愛、彼此渴望著對方，卻要懷著相思的憂傷一直到老嗎？

潔妮的情人遠在西雅圖，距離台灣有十六個小時的時差，中間隔一個浩瀚的太平洋，一想到這裡，心都涼了一半，靠什麼維

繫感情啊？真的讓我好疑惑。

潔妮對我的疑惑只是笑一笑，我們漫步在鯉魚池的小道上，一朵朵潔白碩大的荷花盛開在水面上，暮春的風吹來，這是個涼快的黃昏。

「我家在台南白河，有一大片水田都種荷花，我真的喜歡荷花！不然不會一大清早四點多就跟全家人一起下田採收蓮子哪！」我獨自轉頭去看鯉魚池上遍佈的荷花，確實美得清新脫俗，只是這和那位遠在西雅圖的凱瑞似乎沒有關聯。

「喜歡凱瑞和喜歡荷花的感覺很相似，好像一生下來就註定該有什麼牽繫似的……後來他選擇到美國去，我知道我們之間不可能了，他的任何訊息我都不回，我們之間斷了三年，後來……他的親人出了事，他回到台灣來，我們見面了，見到他那一刻，好像有一股奇妙的暖流流進我心底，我知道這次逃不掉了，只是他仍得回美國。」

「那你們有何打算？」

我仍是俗世之人，關心的仍是俗人之事。潔妮的眼睛閃爍著一種奇異的光芒，她微笑著說：「我有離不開台灣的理由，世俗的婚姻對我並不重要，我得依從心裡的感覺，順著自己內在聲音生活啊！但是如果硬要切斷我和凱瑞，就像幾年前那次分離，忍

著痛切斷一切，覺得彼此都傷痕纍纍，最後還是這樣，藕雖然斷了，卻仍絲絲牽連啊！」

看著水中美麗的荷花，聽著潔妮這番話，我突然想起，池中那一顆顆的蓮子，雖緊緊被包覆在蓮蓬中，可是你千萬別小看它奇特的生命力！你可以將它層層覆蓋，收藏保護住，但是只要有機會讓它親近泥土，它仍舊會盛開成一朵美麗的花，即使這種子中間曾經沉睡一千年。

美麗的潔妮，你會是那顆不願沉睡的蓮子嗎？為了心愛的人，不顧一切讓自己盛開出最美麗的姿態？但是你可知道在片片潔白的花瓣裡頭，最深幽之處含藏的，是一顆苦澀難熬的蓮心哪！

我們都祝福著有情人終成眷屬，有了眷屬的關係，才有朝朝暮暮相處的可能，如果連平凡夫妻的相處方式都成了奢求，只能將所有感情和相思拋向虛空，這是一種傷心、也是一種憾恨，而潔妮啊！你卻甘願將自己當成一朵水芙蓉，真真實實獻給遠方的凱瑞，你的心底難道不會有怨嗎？

話又說回來，相愛一定要相守嗎？世代不停交替、觀念不停改變，但是關於愛情的方式是不是也更多元化了一點？台北、紐約、香港、上海、西雅圖……這些城市不再只是地圖上面一個遙

不可及的點了，它們成了很多人可以來來去去、工作旅行的地點，交通機能發達了，人和人之間的距離相對也拉遠了，這樣的改變是好還是壞，真的很難講。

網路發達、視訊溝通便利，飛機可以載你到天崖海角，但是卻不保證能帶著你飛向情人的心坎裡，除非你夠用心、除非你倆的緣分夠，才有一起攜手走向未來的可能。

關於距離的問題，我想真正的關鍵是你能否靠著自己的努力走進他的心坎裡，至於其他的問題都可以靠現代科技解決的。

2. 下終南山過斛斯山人宿置酒

唐・李白

暮從碧山下，山月隨人歸；

卻顧所來徑，蒼蒼橫翠微。

相攜及田家，童稚開荊扉，

綠竹入幽徑，青蘿拂行衣。

歡言得所憩，美酒聊共揮；

長歌吟松風，曲盡星河稀。

我醉君復樂，陶然共忘機。

　　你定居在擁擠吵雜的城市嗎？心煩時，抬頭想看看雲兒流浪的痕跡，卻發現天空被高樓切割成小小碎碎的片段，連一朵白雲都無法完整的納入眼簾，那顆凝滯的心再次沉落，不知該歸向何方了。

　　只好去看看植物吧！至少它不動如山，總有些安定心靈的力量吧！小小的盆栽只是一杯小小的水，要解除心靈長久以來的荒蕪，可得一大片的山野綠意了。有個野地、有個山林可以讓你驅

車前往嗎？如果那樣的地方還有個可促膝長談的朋友呢？

往山林走去，迎面而來的是蒼勁挺拔的竹林，隨著微風，你將發現身上的塵埃正迅速地被吹落，看著朋友爽朗的笑靨，你突然也笑開懷了嗎？城市裡那些惱人的俗事又算得了什麼？

不見得要一起去逐風追浪，或者要佳餚滿桌，只要一壺酒，就能把話都說進心坎裡，因為我們是那麼可親的朋友啊！

或許無法提供解答、不能一起並肩作戰，但會有一雙溫暖的眼睛靜靜聽你訴說，會有一股來自掌心厚實的力量，輕輕拍著你的肩膀，誰說你孤軍奮戰、孤立無援了？

我們只是淡如水的君子之交嗎？不！就是因為我們的情誼夠深厚，才能經得起如此平淡的交往方式。

朋友不在身邊時，就去看看竹林吧！竹子雖然沒有開出光彩耀人的花朵，卻永遠這樣青翠挺拔，有一種友誼也是如此，你們之間不會黏膩緊密，但是他卻總是為你煩悶的心靈帶來一股寧靜清涼。有這樣的朋友，人生何其幸運！還沒找到這樣的朋友，那就為自己種一片竹吧！

3. 長干行

唐‧李白

妾髮初覆額，折花門前劇；

郎騎竹馬來，遶床弄青梅。

同居長干里，兩小無嫌猜。

十四為君婦，羞顏未嘗開；

低頭向暗壁，千喚不一回。

十五始展眉，願同塵與灰；

長存抱柱信，豈上望夫台？

十六君遠行，瞿塘灩澦堆。

五月不可觸，猿聲天上哀。

門前遲行跡，一一生綠苔。

苔深不能掃，落葉秋風早。

八月蝴蝶來，雙飛西園草；

感此傷妾心，坐愁紅顏老。

早晚下三巴，預將書報家；

相迎不道遠，直至長風沙。

這是李白以女子的口吻，紀錄一段兩小無猜、青梅竹馬的愛情故事。

「記得初見你時我還是個不懂事的小女孩。那天我正獨自摘著花兒在家門口玩著，而你騎著竹馬，開心的繞著圈兒玩，猶記得你那調皮的樣子，還順手摘下青綠色的梅子在手邊把玩呢！

沒想到你就這樣在我生命裡永遠駐足了！十四歲那年，我真的嫁你為妻，新婚夜我羞紅了臉，逕自將身子往牆角移去，寧願整夜對著牆壁，就是不敢正視你，任憑你千萬聲溫柔的呼喚。

一直到十五歲時才能自在的在你懷裡笑鬧著，我暗自許下誓言，願與你永相伴，朝朝暮暮、一生一世。這樣甜蜜滿足的生活，又怎會想過會有分離的一天？

但世間事哪有說得準的，十六歲那年，你得到瞿塘峽去，距離的遙遠並非我可想像啊！五月，是初夏的季節，聽說這時總有些山猿在河岸兩旁悲傷的啼叫著，旅人們聽在心坎裡沒有一個不起鄉愁的。唉！偏偏這時我不能在你身邊。

現在已是八月了，看著西園裡蝴蝶雙雙飛舞，愈顯得我形單影隻。寂寞就像門前石階上厚厚的綠苔，我是該去清掃了，但一片片黃葉又飄落下來。秋風和歲月同樣無情啊！難道我的青春將如同落葉一般，寂靜的在這兒凋零嗎？

是對你的思念太深，還是這屋裡全是你的影子？我悄悄的走出門，還是來到了當初與你相別的渡口，我的眼角盡是淚痕，多希望此刻你在身邊！如果你要回來時，別忘了早些時候寫信給我，我一定會早點出來迎接你，不管距離有多遙遠，我都會在長風沙這裡等候你！」

青苔是一種古老的植物，在地球上生存了幾億年，只要一點濕度、一小塊土質，它就能把綠蔓延開來，讓貧瘠荒蕪的大地有了生命的氣息。

女人的深情也是如此嗎？只需要靠著從前甜美的回憶，就能為一段感情、一個男人無止盡的付出最美麗的青春，她可以在孤獨裡等待、在絕望裡重新給自己希望。

然而什麼叫苦澀的等待？是情人和你分離嗎？不！真正心酸難熬的等待是情人明明在身邊，可是他的個性卻仍不夠踏實、不夠成穩，或是他染上了一些可怕的惡習，為了愛，你不願放棄他，所以等待，等待他、陪伴他、鼓勵他，希望有那麼一天你們可以撥雲見日，

等待有那麼一天浪子回頭了，等待有一天你的真情真愛都有了回報……

　　苦澀的等待真的能換到雲開見日的時刻嗎？不容易啊！在等待的過程虛耗了青春、增添了白髮，甚至多了撣不掉的怨與愁，這又何必呢？

　　活在當下吧！在等待與付出的那一刻如果真是心甘情願，那麼這一刻是甜蜜也是光榮的，至於等待的結果是如何，都再也傷不了你了。

4. 久別離

唐・李白

別來幾春未還家，玉窗五見櫻桃花。

況有錦字書，開緘使人嗟。

至此腸斷彼心絕，雲鬟綠鬢罷梳結。

愁如回飆亂白雪，去年寄書報陽臺。

今年寄書重相催，東風兮東風。

為我吹行雲使西來，待來竟不來，

落花寂寂委青苔。

「分別有多久了，我真的不敢去計算，怕算出你的無情，更怕算出自己的痴傻！窗前的景色如此明麗動人，滿枝椏盛開的櫻花、桃花，該是春天到了吧！在窗下讀著你給我的書信，除了嘆氣，我還能如何？

等待！那是我給你的承諾，也是我要求自己的責任，但是一年又一年的冬去春來，我卻不知道該等到什麼時候，才能把你盼回來啊！」

在霧社附近，有個山地村落叫「春陽」，是個遍植櫻花的美麗山村，它原來的名字叫「沙柯拉」，意思就是櫻花樹。

在好多年前，山地裡謀生不易，男人爲了讓家裡的人過好日子，往往會到山下的城鎮工作，有的到工廠去，有的當建築工人……只要是能快點賺到錢的地方，他們總會千里跋涉。

山上的妻子帶著幼小的孩子，痴痴的守候在家鄉，等著他的男人賺夠一筆錢回家，日子永遠在等待中流逝，在等待中就得靠著夢想支撐！在山中的女子不但編織著艷麗的布匹，還編織著美麗的未來。

只是等待的最後，往往跟想像中的不太相同，有的男人不再回到山上來了；有的男人回來後或許因爲工作的緣故肢殘了。在這美麗的山村裡，上演著許多悲歡離合的故事。

有個好老好老的婆婆，就坐在我旁邊。那紋過面的雙頰已經佈滿皺紋，她悠悠的吐出一口煙後，笑著用那已皺巴乾癟的嘴喃喃自語著，聽不懂山地話的我，只能靠著朋友在一旁翻譯。

朋友苦笑的告訴我，她說：「還要等什麼？你看，樹上的櫻花開得多美麗。」

已經是四月末了，我拂掉身上飄落下來的櫻花，是啊！還要等什麼啊？尤其是那捉摸不住的愛情！

5.
相思

唐 · 王維

紅豆生南國，春來發幾枝；
願君多采擷，此物最相思。

在四月底到五月中旬，整棵相思樹會開滿橙黃色圓茸茸的小花。相思樹的葉子很奇特，它是由葉柄退化而成的假性葉，葉形細小堅硬，也多虧這樣的葉形，水分因此不易蒸發，所以相思樹是一種挺能耐得住乾旱的植物。在多風少雨的土地上，人們多會種植一大片的相思樹，除了防風，也可以阻擋住漫天的塵土飛揚。

台灣的相思樹多分布在中南部，中部以東海大學的相思林最有名，南部以墾丁一帶種植的最多，已形成一大片的天然純林。

紅豆又稱相思豆，有趣的是，相思樹的種子並不叫做相思豆。真正的相思豆是小實孔雀豆的種子，有點像個心的形狀，堅硬紅艷，象徵堅貞。

到樹下尋找紅色的心型相思豆，將它送給心中掛念的人，應

是很多癡情男女共有的經驗吧？

　　相思本是無憑由，心意更是抽象得不知如何證實。那就到相思樹下尋豆去吧！一路尋尋覓覓，撥開豆莢後，那一顆顆鮮紅的相思豆，多像自己那一片赤誠火熱的心！

　　多少的相思一直默默藏在心中，只能將一顆顆的相思豆寄給遠方的他吧！他知道這一顆顆鮮紅的相思豆，就如同我那燎原之火般的相思嗎？

6. 渭城曲

唐・王維

渭城朝雨浥輕塵，客舍青青柳色新。
勸君更進一杯酒，西出陽關無故人。

　　江南的春景很美，美在小橋流水，更美在小橋邊有青青的楊柳樹，細細的葉片，彎彎長長的柳條，微風吹過就輕輕的飄揚，像詩也像夢，所以久居江南的人有種綿綿柔柔的情思，浪漫又多情，這多少可從楊柳樹身上，看出某些關聯！

　　連離別也一樣，不是揮揮手、一聲短短的再見就踏上旅途了；也不是熱烈的擁抱和牽扯不完的情意，在細細的、彎彎的、如柳葉般的眉間上，蘊藏的是無限的憂愁，那離別的愁緒也如柳絮一般，飄揚在空氣中，如白霧如細雪，朦朦朧朧，這樣的氛圍裡，會有淚水輕輕滑落，既說不出口，又捨不得別離，那就順手折下岸邊的楊柳枝吧！看著它，你該了解我此刻的心情吧！

　　王維寫這首詩時是為了紀念一段離別的時刻。朋友要到塞外去，塞外可是滄滄茫茫、酷冬寒霜啊！傳聞中有不少人一去不

回、命喪關外。王維因為擔心、因為不捨，就這麼一路相送，送到渭城這地方。一清早起床就覺得空氣特別清新，那是因為昨晚一場雨，把空中的煙塵都洗刷了一番，讓旅舍旁的柳樹看來又更清新翠綠了。

王維知道即使情意再深厚，也只能送到這裡了，該是朋友獨自走屬於他自己路的時候了，在真正離別的時刻，反而說不出話來啊！只能勸朋友多喝一杯酒吧！好好珍惜最後相處的分秒，唉！不然出了關外，那可不比江南的好風好景啊！那兒更找不到像我們這般要好的朋友哪！

人的一生中總要不斷經歷離別，離別的情景不斷上演，離別的愁緒卻不一定次次摧心絞肝，那就得看你珍視這個人或這段情的程度了，既然這樣的場合避免不了，折柳也不見得能把對方真正留下，那麼還是微笑的揮揮手說再見吧！只要懷著期待，總還有相見的一刻！

7. 謝公亭

唐·杜甫

謝公離別處，風景每生愁。
客散青天月，山空碧水流。
池花春日映，窗竹夜鳴秋。
今古一相接，長歌懷舊遊。

　　當你喜歡一個人、戀慕一個人時，他曾經走過的路徑、生活過的地方，對你就會產生一種特殊的意義。路上的風景或許沒什麼特殊性，卻因為當年的他在這兒駐留過，所以你每踏出一個步伐，就會有翻飛的思緒在腦中流轉，會有隱隱作痛的情感在胸口跳動，這一切的不平凡都是因為那個人啊！

　　杜甫不辭辛勞的來到謝公亭，只是為了這兒美麗的景緻嗎？他追憶的該是當年謝朓和范雲的情誼吧！謝朓已是仙逝的人了，當年的往事就只能隨風而逝嗎？如果來到當時的地點呢？雖然時間點不能銜接上，但在相同的空間裡，或許可以抓住某些情緒，就像當時謝朓與范雲依依不捨的離情，或許也染紅了此刻杜甫的

眼眶吧！

　　池邊的花，依舊在水中倒映出美麗的色澤；窗外，依然能聽見竹葉在秋風吹拂下的聲音。此情此景，千古以來是相同的，但是人事的變遷卻令人不勝唏噓了。

　　除非有一份心，願意緊緊相隨，那麼多年前那樣依依離別的情緒，才有被印證的可能，否則枉費了春花落了一地芳華，謝朓當時深深濃濃、悵然離別的情緒已比空氣更稀薄，何來情深意重？這樣說來，綠竹也只能在秋風下獨自悠悠嘆息了。

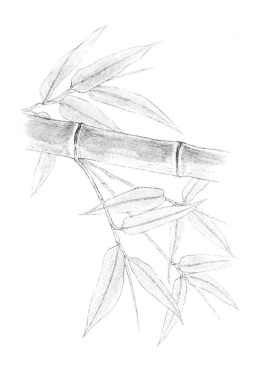

8. 買花

唐・白居易

帝城春欲暮，喧喧車馬度。

共道牡丹時，相隨買花去。

貴賤無常價，酬直看花數。

灼灼百朵紅，戔戔五束素。

上張幄幕庇，旁織巴籬護。

水灑復泥封，移來色如故。

家家習為俗，人人迷不悟。

有一田舍翁，偶來買花處。

低頭獨長嘆，此嘆無人喻。

一叢深色花，十戶中人賦。

　　牡丹花花朵碩大艷麗，雍容華貴的姿態讓它贏得富貴花的雅稱。在民國成立以前，牡丹花一直是中國的國花，很多官宦士家、豪門貴族總愛在家中庭院栽種幾株名貴的牡丹花，除了彰顯華貴的身分，也希望藉由牡丹的富貴氣帶些好運來。

這樣的風氣在唐朝尤爲興盛，這首買花詩就是白居易用來諷刺當時貴族不知民間疾苦的奢華生活！

　　暮春時節牡丹花盛開，大家都趕忙的買牡丹花去。花價不一定，得看花朵的數目；買了花後，還得細心的爲牡丹花加上籬笆、封上泥土，只希望花朵的色澤仍舊美麗如故，家家戶戶都這麼做，這已成一種習俗了！

　　只有一個老農夫，在牡丹花處長長的嘆了一口氣，沒人知道他嘆氣的原因！原來一株深色的牡丹花，索價不菲，它可得花上十戶中等收入的家庭一年的稅收！

　　賞花需要雅興，這份雅興必須要衣食溫飽後才會出現，可惜這樣雍容華貴的富貴花並不是每戶人家都可以養得起的！

　　牡丹花照顧不易是百花中出了名的，群芳譜談到牡丹的栽植時曾說：「或以宰豬湯連餘垢候冷透澆，則肥壯宜花。」

　　原來要讓牡丹花美艷嬌麗，除了水和陽光是不夠的，還得加上一些豬湯、魚粉之類的肥料！

9. 送王大昌齡赴江寧

唐・岑參

對酒寂不語，悵然悲送君；
明時未得用，白首徒攻文。
澤國從一官，滄波幾千里；
群公滿天闕，獨去過淮水。
舊家富春渚，嘗憶臥江樓；
自聞君欲行，頻望南徐州。
窮巷獨閉門，寒燈靜深屋；
北風吹微雪，抱被肯同宿。
君行到京口，正是桃花時；
舟中饒孤興，湖上多新詩。
潛虯且深蟠，黃鶴飛未晚；
惜君青雲器，努力加餐飯。

　　桃花的嬌豔美麗，有多重的意含。除了象徵著璀璨的春天、
美麗的愛情、心中的理想國之外，還喻含著純粹的友情。

劉備、關羽、張飛「桃園三結義」訴說的是一段彌足珍貴，屬於男人間友誼的故事。至此，桃花嬌美的色澤多了一份友情的溫度。

岑參和王昌齡都有一種屬於曠野、豪邁不羈的性格，想在邊疆建立屬於自己的汗馬戰績，可惜鬱鬱不得志。岑參寫這首詩，是為了安慰自己的好友王昌齡。王昌齡出身貧寒，做了幾任低階官員後，又因犯罪被貶到江寧去當芝麻小官。岑參知道不能改變這既定的事實，所以寫了這首詩做為情感上的支持。

王昌齡看著江邊紛紛飄落的桃花，該想起好友岑參殷殷的祝福吧！往江南的路就不那麼寂寞蒼涼了。人生不得志的機會總是多一些，幸好還有一些朋友，他們不見得時時陪在你身旁，但想起他們，你會知道自己有多重要，然後，心中就會湧出一股暖暖的力量，即使要獨自面對人生中的風雪，似乎也不再那麼害怕了。

如果正值春天，看看這滿樹的桃花盛開，就當成是和朋友之間的密語吧！「我永遠支持你」，一句簡單的話，卻是友情裡最厚實的根基！

10. 無題

唐・李商隱

鳳尾香羅薄幾重，碧文圓頂夜深縫。

扇裁月魄羞難掩，車走雷聲語為通。

曾是寂寥金燼暗，斷無消息石榴紅。

斑騅只繫垂楊岸，何處西南任好風？

　　有人說李商隱的無題詩最難解，但卻也是蘊藏最多情意的詩，這首詩除了辭藻華麗優美，詩中似乎還透露出一種神奇的魔力，讓讀者不自覺沉浸其中；除了有種濃濃的愁緒，還有一股淡淡的無奈發散開來。

　　「我獨自在深夜裡縫製著錦羅般的香帳，一絲一線，都是最濃密纖細的情絲啊！縫縫合合、絲絲線線，讓我不禁密密濃濃的想著你。

　　不知為何，我老是想起我們最後一次見面的情景，你還記得嗎？看著你遠遠過來的身影，我慌亂的拿出身邊的扇子，急忙遮著臉頰，真的不是不願見你，實在是因為我那股嬌羞、不知所措

的樣子，真叫我不知該如何是好。

等我回過頭去看你，你的馬車已經遠去，只剩一陣急促的馬蹄聲。望著那飛揚在空中的塵土，我只能空自惱恨了。唉！我們竟然連一句話都沒說到啊！

看著那殘落的燈火，我知道又過了一個無眠的夜，這樣寂寥的相思，真的很磨人！窗外的石榴花又即將盛開，夏天要來臨了吧！我們竟錯過了美好的春光。都過那麼久的時間了，為何你還是沒有捎來一個音訊呢？

我常夢見你在不遠處，那兒有一個澄淨的湖泊，你輕輕將馬兒繫在楊柳樹下。我多希望有一陣風來，將我往有你的地方吹去，只是，那陣好風在何處？」

深閨女子只能含情脈脈、只能獨自守著無盡的相思，這是屬於中國人的一種深情含蓄，只是這樣的深情和等待，背後得承受多少情緒的煎熬。

石榴花的紅艷明麗，是一種大剌剌的表現，看在閨中女子眼中，那壓抑已久的情緒真會忍不住潰堤，如果情緒和愛戀也都可以如石榴花那樣大膽放肆的盛開怒放，那麼深閨女子的悲和怨會不會少一點？

11. 雨過山村

唐·王建

雨裡雞鳴一兩家，竹溪村路板橋斜。

婦姑相喚浴蠶去，閒著中庭支子花。

　　山村裡的生活是閒適、自給自足的。一陣新雨過後，整座山似乎被洗滌過，帶著出浴後的水露，近林遠山顯得更青翠；山裡的人似乎在方才的那陣雨裡，也得到心靈的一種休憩與安適，一陣煙雨過後，天空又慢慢明亮了起來，幾聲清亮的雞鳴喚醒大地，一切都該甦醒過來了！

　　雨後的溪水有些黃濁，踏著木板橋時得小心點了；雨後的木板有些歪斜，走起來也感覺有些濕滑呢！王建在雨後來到這小小的山城，是去拜訪朋友吧？或者到這遠離市囂的山村，爲了安撫那過度勞累的身心？

　　走過小橋後，王建看到不遠處有個小小的村落，那兒的婦女開始忙碌起來了；李家的大姊、王家的小妹……大家都忙著招呼著友伴，趕緊去照顧自家所養的蠶兒了，這時大概只剩庭院中所

栽種的梔子花，還能繼續享受悠閒恬適的時光吧！不過帶著雨露的梔子花，不但樣子優雅，香味在雨中蕩漾開來，那味道可真是讓人覺得舒服極了。

雨露可以滋養大地，山裡悠閒安靜的生活可以平撫煩躁的心靈，不管王建來到山村的目的是什麼，他帶回去的該是如心靈沐浴過後的清新舒爽吧！

梔子花在普通人家的後院，是一種較市儈的植物，花朵謝下後，將那果實一顆顆的收集起來，再將它慢慢搗碎，就成了一種高級染料，種了一大片梔子，除了有花香滋養你的嗅覺，更有一大把一大把的銀兩，等著你去兌現。

山裡的梔子花呢？雖然無法否認它仍有實際的用途，可是看著在雲霧裡、在雨露裡的梔子花，你很難把它將金錢聯想在一起；或許是山中的梔子花多了幾分靈秀的氣息吧！難怪王建要將梔子花寫進詩中了。或許幾天的山中生活，梔子花也扮演著重要的角色吧！

12. 紅茶花

唐・司空圖

景物詩人見即誇，豈憐高韻說紅茶。
牡丹枉用三春力，開得方知不是花。

　　司空圖在詩中描寫的茶花，除了讓詩人忍不住題詩讚賞外，甚至讓花中之王牡丹也黯然失色了。哇！山茶花該是怎樣的國色天香？你看過茶花嗎？如果有，那就對詩中的描寫不覺得意外吧！

　　山茶原本盛產於中國的雲南省，那兒特殊的山山水水滋養出豐碩美麗的山茶花，原本的山茶花是紅色的單瓣花，卻因為後人的喜愛，經過不斷的培育、研發而產生了許多變種，有些特殊品種，可是索價不菲的，它們還有些特別的稱謂呢！即所謂的「十八學士」、「寶珠」、「恨天高」等。

　　山茶花最特別的地方就是它的花期非常長，可以從十月、十一月一直開到第二年的暮春或初夏。在風雪中它可以和梅花比美；在百鳥歡唱的季節，它的姿容和百花相較後，仍不覺得遜

色，光這點就足以讓茶花的花名流方百世了，但茶花值得驕傲的地方可不只有這點呢！

鄧直指先生曾在他的「茶花百韻」中，描述了茶花的特殊之處，他說茶花有十絕：「一、艷而不妖；二、年歲經過了三四百年，好像還是新植的一樣；三、枝幹高聳四五尺，大可合抱；四、膚紋蒼潤，暗若古雲氣礴礴；五、枝條虯纖狀如龍，塵尾龍形；六、盤根輪禾非常離奇，可憑而几，可藉而枕；七、濃葉深沉如幄；八、性情能耐霜雪，四時常青；九、一次開放歷時二三個月；十、水養瓶中，十幾日後顏色依然如故。」

牡丹是花中之王，花朵雖盛大美麗，但卻是最嬌貴的花，全賴園丁辛勤的栽培，還得澆上最肥沃的養料，才有嬌麗的花容可供觀賞，但茶花可就不一樣了，花色不輸牡丹，卻是那樣獨立不依人，而且茶花還有實用價值，它的葉子可以用來泡茶，味道甘醇，和我們現在所泡的茶葉滋味相似，也因為如此，才稱它為茶花。難怪司空圖要說「牡丹枉用三春力，開得方知不是花」了！

13. 遣悲懷

唐‧元稹

謝公最小偏憐女，自嫁黔婁百事乖。

顧我無衣搜藎篋，泥他沽酒拔金釵。

野蔬充膳甘長藿，落葉添薪仰古槐。

今日俸錢過十萬，與君營奠復營齋。

　　什麼樣的愛情才叫刻骨銘心？什麼樣的人讓人一輩子也忘不了？在元稹這首詩中，有了最令人動容的解答。

　　元稹雖在唐朝史上有著偉大貢獻，也曾位居要津、風光一時，可是在他年少時的歲月，可是經歷過貧困交加、捉襟見肘的日子呢！不過少時的元稹可是才華洋溢的，當時的名宦韋夏卿非常賞識他，甚至願意將自己最小、最得自己疼愛的小女兒韋叢嫁給他。

　　韋叢沒有一般富家千金的驕氣，反而對自幼貧困的元稹百般體貼。元稹喜歡喝酒，韋叢就拔下她髮上的金釵，換了錢，替元稹沽了一壺好酒回來。至於自己，就背著元稹，偷偷的以野菜和

豆葉充飢；家裡沒柴火煮食物了，韋叢就寧願一個人蹲在老槐樹下，撿著那些枯葉作薪炊，也不願勞累正忙於公事的元稹。

那些都是過去的苦日子啊！現在的元稹已經飛黃騰達了，有了花用不完的俸祿，可惜當年陪著一起吃苦的人卻不在身邊了，唉！這位美麗賢淑的妻子在元稹當上高官的前兩年，因為貧病交加而仙逝了。

每當元稹想到她，就會從心裡湧出一股不捨與悲嘆的淚水。想念她時怎麼辦？只能在每個值得紀念的日子裡，請著和尚一遍又一遍的誦唸著祈禱咒文，在喃喃梵音裡，往事一幕又一幕出現在元稹腦海中，那個一起牽手走過貧困歲月的人啊，如今音魂渺渺。

誰能一起記憶著從前總總呢？只有老家院子裡那棵老槐樹吧！聽說「槐之言歸也」，槐樹可以讓一切的真相清朗的還原，那麼當初韋叢所付出的、一點一滴的愛，槐樹都該歷歷分明，清清楚楚的記憶著吧！

愛是什麼？為愛所做的一切只有當時的自己去辛苦的經歷、也只有自己用淚水去記憶嗎？韋叢是幸運的，她愛的那人會珍藏住所有關於她的回憶，也有老槐樹用那深深淺淺的年輪為她記憶著那些為愛而經歷的辛苦與滄桑！

14. 梅花

宋‧林逋

眾芳搖落獨暄妍，占盡風情向小園；

疏影橫斜水清淺，暗香浮動月黃昏。

霜禽欲下先偷眼，粉蝶如知合斷魂；

幸有微吟可相狎，不須檀板共金樽。

　　林逋就是林和靖，據說他愛梅成痴，長年隱居在西湖孤山，以梅為妻，以鶴為子，二十年不入市塵，這首詩就是他寫的詠梅詩。在所有關於梅花的詩中，「疏影橫斜水清淺，暗相浮動月黃昏」是最膾炙人口的。

　　林和靖之所以愛梅，除了梅花本身的雅緻幽香外，其實林和靖在梅花身上看見了自身的特質。

　　梅花不流於俗，不隨百花盛開，寧願選擇在天寒地凍、雪花紛飛的嚴冬獨自盛開滿樹的芳華，希望讓生命價值發揮其獨特的意義，所以傲然的在銀白色的雪世界裡，讓世人看見它的傲骨和堅強！而它的特質使得棲枝的飛鳥飛離前要再顧盼幾回，讓粉蝶

失魂斷腸；而喧鬧的和著檀板的歌聲與名貴酒杯不適宜前來作伴，只有低吟淺唱才能親近清雅的冬梅。

　　林和靖怎能不放棄世俗的功名榮華，獨然的隱居西湖？當滿園梅花盛開時，林和靖一定感於梅樹的特質不就是他靈魂深處的一部份嗎？難怪他會深愛著梅！

15. 風入松

宋・吳文英

聽風聽雨過清明，愁草瘞花銘，樓前綠暗分攜路，一絲柳、一寸柔情，料峭春寒中酒，交加曉夢啼鶯。

西園日日掃林亭，依舊賞新晴，黃蜂頻撲鞦韆索，有當時、纖手香凝，惆悵雙鴛不到，幽階一夜苔生。

風入松這闋詞裡有濃濃的思念之情。吳文英思念已故的愛妾，但是情再濃、意再深，畢竟是兩個世界的人了，吳文英只能將說不出的相思，化成綿綿的詞句。

「窗外風雨不曾停歇，綿密的雨打落一樹春花，如果你仍在身邊，一定又是嘆息又是憐愛的，要撐著傘到外頭去葬花吧？轉眼間又是清明節了，我對你泛起的層層思念何時才能停歇？

還記得樓前這條小徑嗎？一棵棵綠柳，點燃一季春意，微風吹來，隨風輕揚的柳枝，多像你溫柔微笑的神態！而如今，你的

笑靨只能在夢裡相尋了。

　　最怕獨自在春天的清晨醒來，窗外一片霧濛濛，加上黃鶯鳥不停的啼叫，帶著朦朧的醉意，我已分不清楚此刻是真還是夢。

　　夢中，我常到西園來，向晚時刻，有蜂蝶繞著鞦韆飛舞著，而你老愛坐在鞦韆上，恣意的在風裡笑鬧著，讓風揚起你寬闊的裙襬。我只能獨自掃著林邊的亭子，只有這種方式才能最接近你吧？唉！但石階上為何仍長滿綠色的苔痕？你已是另一個世界的人了，但為何我老是痴痴的在這等你出現？掃不去的是石階上的青苔？還是對你無止盡的思念？」

　　苔類植物的構造成分簡單，甚至稱為無性芽、假根，不管是土坡或岩石，只要有些潮濕的土壤，它就能成長。

　　相思這玩意也是，分析不出問題出在那兒，也找不出那人究竟是哪裡好，你卻老是一心一意的想著他，如果一不小心讓相思蔓延開來，許多煩惱、憂愁也隨之而來了。

　　相思是假性根，扎根在你心窩裡，你看不到、摸不著，所以你也拔不掉。相思是無性芽，無法結成豐碩的果實，卻又不停不停地往上生長、往旁邊延伸。你不停的告誡自己相思了無意，但往往就在那麼一瞬間，你彷彿也看見相思已在你心坎裡蔓延成一片深深淺淺，如青苔般的印記！揮不掉也抹不掉！

16. 鷓鴣天

宋・朱敦儒

我是清都山水郎，天教分付與疏狂，
曾批給露支風敕，累奏流雲借月章。
詩萬首，酒千觴，幾曾著眼看侯王，
玉樓金闕慵歸去，且插梅花醉洛陽。

　　朱敦儒自年少時志行就很高，不大願意隨著世俗觀念走，這闋詞就充分顯露出他特立獨行的性格。

　　「說應朝當官的事？我就是這副樣子啊！帶著狂傲不羈、山林來的性格。我也會寫奏章，只是都交給露水清風罷了！什麼時候我真的正眼瞧過榮華富貴的日子了？名利權貴的日子不見得適合我，富麗堂皇的生活我也懶得去追求，就讓我隨著自己的性格來過日子，興致來了，大口喝著酒，或許在酩酊時詩興來了，那就提起筆來寫寫詩吧！如果問我要什麼樣的生活，我會笑著回答：讓我在洛陽城裡自在的喝著酒，如果是大雪齊飛的日子，我還想到雪地裡去採折幾枝梅花！」

在這闋詞裡，什麼都不求的朱敦儒為何單獨對梅花情有獨鍾？也是因為梅花不流於俗的性格！朱敦儒和林和靖都選擇反璞歸真的生活，遠離了紅塵俗事！

或許你我都曾在紅塵中打滾了好一陣，有很多傷痕和淚水無人傾訴；說真的，很羨慕林和靖和朱敦儒的勇氣！好幾次也都想放掉一切，讓山讓水洗滌一切的疲憊和悲傷，只是真要拋掉一切時，你可要想想自己只是為了逃避現實才選擇離群索居，或者是因為性格中真的有淡薄名利的因子！

下了一個決定後，人生的路往往有很大的轉折，只有真正懂得自己性格的人才能無處不自在！

17. 南鄉子

宋・王鵬運

斜月半朧明，凍雨晴時淚未晴，倦倚香篝溫別語，愁聽鸚鵡催人說四更。

此恨拼今生，紅豆無根種不成，數遍屏山多少路，青青一片煙蕪是去程。

　　紅豆又名相思豆，之所以稱爲相思豆，據說還有個淒美的故事。相傳有個婦人死了丈夫，她在松樹下哀哀的哭泣著，因爲太過悲傷，不食不睡，終究跟著丈夫去了。

　　在婦人死後，附近竟長出一株奇特的植物，在春天時開出一樹橙黃色的花，撥開豆莢後，裡面是一顆顆紅色心型的豆子，後人覺得這應是婦人對丈夫的思念幻化而生的種子，因此稱這樹爲相思樹，又因爲它的種子是鮮豔的紅色，所以稱它爲紅豆或相思豆。

　　人的心裡爲何泛起相思？在意那個人，因此不願分離，希望牢牢跟著他，緊緊纏著他，可惜有太多情況不是自己可以掌控得

了，這就是所謂愛別離苦吧！

　　因為有愛就有牽掛，有了牽掛就有數不盡的相思，層層的相思可是摧人心肝，像千萬隻蟻蟲啃蝕著心肝哪！

　　人生既有愛別離苦，就有寸寸數不盡的相思，當樹上那一顆顆紅色豆子墜落時，又有多少癡情人，正不自覺地讓那孤寂的相思慢慢成形？

18. 臨安春雨初霽

宋・陸游

世味年來薄似沙，誰令騎馬客京華；
小樓一夜聽春雨，深巷明朝賣杏花。
矮紙斜行閒作草，晴窗細乳戲分茶；
素衣莫起風塵歎，猶及清明可到家。

　　只要是離家的遊子，總會在某些時刻泛起鄉愁，尤其是年關將近時，總覺得有個聲音在心底強烈的召喚。街上一處處擺著大紅色春聯的攤販，也會和鄉愁一起應和嗎？還是家裡親人一寸寸思念在牽引著遊子的心？否則為何人在異鄉，卻恨不得馬上加快步伐，往家的方向飛奔呢？

　　陸游這首詩寫的就是遊子思歸的心情啊！為何離鄉？為何身在異地？或許為了單單求一個溫飽，或許為了追求一份未竟的夢想，在異鄉就這麼蹉跎了好些年，但有時想想，現在的自己也仍是孑然一身啊！想家的情緒就這麼突如其來，像狂風、像暴雨，弄得自己泫然欲泣，甚至懷疑當初追夢的抉擇是不是太傻。

或許是陸游思鄉的情緒太濃烈，也或許一整晚的雨，擾亂了陸游的睡意，一大清早，他就聽見巷子裡，有著叫賣杏花的聲音，從遠處一聲聲的傳過來。

　　「杏花呢！」是啊！杏花轉移了陸游濃稠的思鄉情緒，或許在清明節的時候，真的可以回到家鄉去見見親人吧！那時該有一整樹的杏花仍然淡淡的吐露著芬芳吧！

　　清明節是另一個讓人引起鄉愁的節日，也是杏花即將凋落的時刻，只是粉嫩美麗的杏花也懂得離人思鄉的心情嗎？對遠遊的離人來說，家，一直是最令人斷腸的想念。

19. 菊花枕

宋·陸游

寄采菊花作枕囊，曲屏深幌閉幽香。

喚回四十三年夢，燈暗無人話斷腸。

　　秋風蕭颯，草木逐漸枯黃凋零，菊花卻在秋天綻放，花色多以黃色為主，在這樣蕭索的情景下，看見菊花盛開，讓人的記憶伴著淒涼的情緒飄散開來，故人的影像、舊時的回憶最容易湧上心頭。因此，菊花自古以來就被當作是祭祀用的鮮花，在菊花的花香下，有緬懷、有追憶，還有更多對舊時人的不捨。

　　年輕人的愛情濃烈，適合用玫瑰的紅艷來傳達，但相扶持一輩子的除了愛情，還要有更多的恩情。在與妻子天人相隔時，陸游選擇以淡雅的菊花來回憶和妻子這一世的情感。經歷一世的感情或許已不及玫瑰的嬌豔誘人，但是菊花悠悠的香味，飄散開來的卻是這一輩子點點滴滴相互扶持的過往。

　　深情不在於熱情的擁抱，深切的相思也不在淚水的多寡，它會滲入骨髓，在你不經意的剎那蔓延開來。

陸游在夜半油燈即將枯竭時，突然醒來，但陪伴在枕畔的妻子早已不在，對她寸寸的相思也無處話淒涼，人世間最深刻的相思莫在於此了。

當菊花的花瓣枯萎凋零時，還有多少人會想念它曾經也是那樣嬌俏可愛的盛開過？或許在寒冷的冬天來臨時，暖一壺菊花釀的酒吧！已故的人啊！你該知道在我心裡，你不曾離去，那些美麗的日子如同酒色芬芳。

20.
一叢花

宋・張先

傷高懷遠幾時窮？無物似情濃。

離愁正引千絲亂，更東陌，飛絮濛濛。

嘶騎漸遙，征塵不斷，何處認郎蹤？

雙鴛池沼水溶溶，南北小橈通。

梯橫畫閣黃昏後，又還是，斜月簾櫳。

沉恨細思，不如桃杏，猶解嫁東風。

　　在杏花煙雨的春天裡，總容易引起濃濃的情思，是沉醉於眼前迷人的美景？還是心裡最細微處的情愁又隱隱發作？看著滿眼欲醉的春雨杏花，在美麗中竟有一縷悠悠細細的痛楚蔓延開來！

　　在中國的花神錄裡，杏花的花神是楊玉環，也就是著名的楊貴妃。楊玉環原本是壽王瑁的妃子，卻被唐玄宗看上了，玄宗竟不顧自己身為玉環公公的身分，用盡千方百計，也要讓她到自己身邊來，先是令玉環出家當女道士，再入宮成為自己的嬪妃。到天寶四年，楊玉環已正式成為玄宗身邊最受寵的貴妃。

貴妃嬌媚溫柔、精通歌舞，加上聰慧可人，爲了她，玄宗幾乎都放棄了繁瑣惱人的朝中大事，沒多久就爆發了安祿山造反，也就是歷史上著名的安史之亂，玄宗爲此出奔逃難，一行人來到馬嵬坡後，六軍都不肯再前進了。

軍隊士兵們都認爲這場災難的發生，與貴妃及其兄楊國忠有很大的關聯。爲了平息眾怒，玄宗只能忍著淚斬了楊國忠，再命貴妃自縊。等安史之亂平定後，玄宗對貴妃的思念日益加劇，當她預備爲貴妃移葬時，一行人來到馬嵬坡，卻再也不見貴妃的身軀，只留下一林迎風而舞的雪白杏花；像離人的淚，也像貴妃出塵的舞姿，除了哀痛、除了冰涼悔恨的淚水，也只剩玄宗孤寂的身影了。

人，畢竟只是人，不禁離愁點點、不止涕泗漣漣，不如桃花、杏花，隨著一陣春風飛舞，風起而飛，風停而歇，至於離愁，只是淡淡季節的更迭罷了！

21.
攤破浣溪沙

清‧納蘭性德

風絮飄殘已化萍，泥蓮剛倩藕絲縈；珍重別拈
香一瓣，記前生。

人到情多情轉薄，而今真的不多情；又到斷腸
回首處，淚偷零。

說到愛情，真的有些難了！它沒有公式、沒有道理，它會在
那兒自然演化，自成一個形式，這是屬於情人間獨特的一段因果
牽扯吧！

人的生命就像風中漂泊的棉絮，也像水中流轉的浮萍，該如
何掌握自己有限的生命？唉！連自己都無法確知了，如果此刻又
心心念念牽繫著一個人呢？只能說是自找苦吃了！趁著理智分明
的時刻，想一刀斬斷我對你那些牽牽絆絆的情絲，但…怎有那麼
容易呵！一次又一次的藕斷絲連，這次，我知道逃脫不了了。那
就一直這樣把你放在心上好了，只是……終不能如願啊！

浮萍真的是生性漂泊嗎？唉！它那細微透明的水根也想駐

留，只是那水根的力量比水流、比池上的風都微弱的多，縱使有心也無力啊！

兩片相依的浮萍，仍究被水波沖散開了！我只能手執馨香，在裊裊的煙霧裡懷想你生前的樣子。

思念可是會銷蝕心魂的毒菌哪！你的影像無時無刻攀附在我腦海，日日夜夜、時時刻刻。

時間是治療情傷的最佳療劑嗎？好！一次將你想個夠；一次讓我為你醉到底，為你，我就把傷心揮霍到底當所有的思念和深情都在這時刻傾倒而出，那就可以揮別對你的牽掛嗎？

還是沒那麼容易啊！當我獨自走過從前一起牽手歡笑的路徑時，我又聽到自己的心碎裂成一地的聲音啊！那個偷偷抹著淚水的人還是我，原來一切都沒變，你還是那個一直駐足在我心底、揮抹不去的人。

寫這闋詞的納蘭性德是清朝人，生於富貴之家，但他卻屏棄了所有奢華權貴的生活，他的人就像他的詞一樣，感性總是勝過理性很多。

他有個鍾愛的妻子，叫盧氏，有詩、有夢和不虞匱乏的恩愛生活，這是納蘭性德一生中最幸福的時刻，但美好的光陰卻持續不久，在他二十三歲時，盧氏就因為一場病而撒手歸天了。

生死之間的距離，阻隔不了性德對妻子熱烈的情感，這也是性德一生最大的悲哀。一首又一首的悼亡詩不斷的從性德手中寫出來，字字句句都是對盧氏的深切思念，讀了讓人鼻酸，也讓人覺得淒涼。

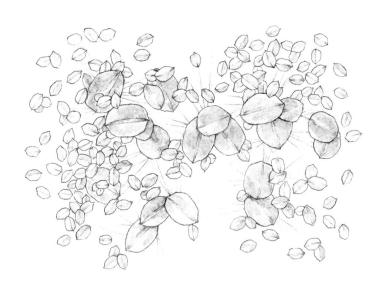

激發敏銳的感官

別看一棵植物不動,或許它比你更敏感於周遭的事物。

1. 桃夭

桃之夭夭，灼灼其華；

之子于歸，宜其室家。

桃之夭夭，有蕡其實；

之子于歸，宜其家室。

桃之夭夭，其葉蓁蓁；

之子于歸，宜其家人。

　　桃花顏色鮮豔，紅的艷麗如朝霞，白的輕柔如浮雲，總讓人忍不住多瞧它一眼，桃樹又能結出纍纍多汁的果實，從這幾樣特質說來，樣樣都像年輕的女人，不但外表嬌媚可人，還富有孕育產子的母性本能。

　　難怪在詩經的時代，桃花和女子有著密切的關聯。那麼以桃花為主題而寫的這首詩，就當成是對即將出嫁的女子，一種貼切、溫暖的祝福吧！

　　桃花美好的形象不只限於此，傳說桃花是三月的當令花，而

桃花女神則由嬀氏來執掌，這之間的因由，還有一個淒美浪漫的故事。

在距今兩千多年的春秋時代，楚文王滅了息國，還把息侯的夫人嬀氏佔為己有。

嬀氏雖為楚文王生了兩個兒子，卻不曾開口說話，一個柔弱的女子，不能為自己爭取自由，或許只能用這樣消極的方式，默默的抗議著命運加諸在她身上的不公吧！

有年秋天，楚王和隨從出外打獵，嬀氏趁這當兒，逃出宮中，尋找她那朝思暮想的息侯，還跪倒在息侯面前哭著說：「我這些年來忍辱偷生，就是為了能再見大王您一面，告訴您我對您的思念啊！如今心願已了，死也瞑目！」說完，嬀氏竟一頭往城牆石壁撞上去。息侯因為嬀氏的深情淚流滿面，也因為人生諸多的莫可奈何悲痛不已，就在嬀氏斷氣的那一刻，息侯也在城牆旁自盡了。

楚莊王回來後，不斷的搖頭嘆息，最後還是命人將這對苦命鴛鴦合葬在漢陽城外的桃花山上，算是為息侯夫婦執著的愛情致意吧！

後來有村民在這座桃花山上，替嬀氏建了一座桃花夫人廟，從此，嬀氏也被尊稱為桃花夫人。

桃花一向和浪漫唯美的愛情有關，也是對即將婚嫁的女子，一種深厚的期許。對一個即將踏入婚姻路的女子而言，婚後生活如要圓滿，就得對自己選擇的這段愛情、身邊的這個人，都要有一股根深蒂固的執著吧！

　　桃花的嬌美和桃花女神的堅貞，這兩者之間或許有些令人意外的差距，這樣的落差，是否就像愛情和婚姻，總是無法以相同的唯美浪漫混為一談？

　　那麼，愛情和婚姻之間的差別在何處？愛情是兩個人的事，只要兩個人高興，那就天下太平了，所謂的天下就只包含你們兩個。

　　可是牽涉到婚姻之後，真的要「宜其家室」，還要「宜其家人」，在兩個人中間已牽扯出兩個家族，再牽扯出共同的孩子，愛情已經漸漸淡掉了，最要緊的是提昇出相處的默契和同甘共苦的擔當與勇氣，經歷過一些辛苦和風雨，漸漸地就會有了恩愛和情義。

　　與另一個人產生了恩愛和情意後，再也不會有孤獨和空虛的感覺了。因為生命有了連結，生活也更踏實了，你的靈魂也更完整，你會發現那樣的感覺比愛情更甜蜜也更踏實。

　　只是那得付出長久的努力，一直為對方付出你的愛與包容，

才會有美滿的婚姻、幸福的生活，慢慢的，你也發現自己變得更完整。

2. 襄陽樂

南朝・無名氏

女蘿自微薄，寄託長松表。

何惜負霜死，貴得相纏繞。

　　這首詩中的女蘿，指的還是一位以夫為天的古代女子。她仍舊以柔媚蜿蜒的身軀纏繞在長松身上，可惜的是這樣的依附關係沒有讓生命永遠安穩舒適，生命中仍有想像不到的暴風雨，不是己力可以預測的。

　　一場風雪襲來，抵不住風寒霜刺的女蘿，在霜雪中枯萎了，雖然它的生命體不復存在，但它的莖蔓依舊緊緊纏繞在長松上，彷彿不曾離去。

　　如果把世間男女的關係用女蘿和長松來比喻，那這首詩裡的依附關係是存在於最內在的愛情裡。生時，女蘿緊緊依偎在長松上；死時，還將藤蔓綿綿密密、一圈一圈的圍繞在長松上！

　　女蘿與長松的關係多像人世間的愛情！但這樣不論生死都要共纏綿的愛情是否太沉重？女蘿雖可自行製造所需養分，但它卻

仍得有長松來依附，這景象像極了這世間許多的癡情人，各個生存條件都不差，但老是覺得生命有所欠缺，非得有個心靈依附的人不可。

只可惜世間很多事無法永恆不變，在變的過程中，你該怎麼辦？自在的隨著緣聚緣散，還是竭盡所能也要多留一分鐘？永生永世「相纏繞」的愛情你真的覺得可貴嗎？

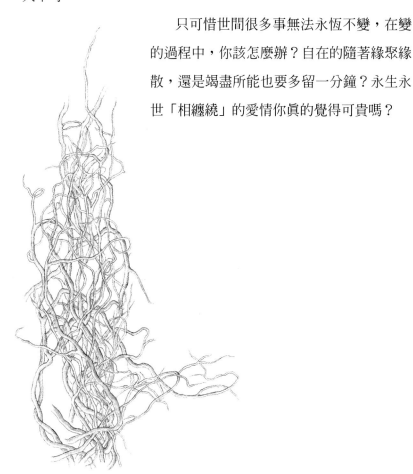

3. 妾薄命

漢帝寵阿嬌，貯之黃金屋。

咳唾落九天，隨風生珠玉。

寵極愛還歇，妒深情卻疏。

常門一步地，不肯暫迴車。

雨落不上天，水覆難再收。

君情與妾意，各自東西流。

昔日芙蓉花，今成斷根草。

以色事他人，能得幾時好？

　　芙蓉花的清新美麗，常會讓人想起嬌弱可愛的少女，詩中的阿嬌是漢武帝的表妹，她的美麗曾讓漢武帝驚艷不已，漢武帝甚至許下誓言，願意為阿嬌建造一座黃金屋。但恩愛甜蜜的日子並不長久，阿嬌因為生性善妒，終讓漢武帝拂袖而去，逝去的愛情就像覆水難再收回，從此漢武帝不再眷顧阿嬌了。

　　可惜阿嬌空有那美麗的姿容，雖是人比花嬌，可惜美麗的容

貌是不能長久維持的，況且時間久了終究會看膩，雖然曾經是最美麗的芙蓉花，但最後的命運卻和被丟棄的野草相同啊！除了感嘆人心的善變，對美麗的意義或許得重新下定義了。

美麗是什麼？是上帝給予一個女人最珍貴的禮物，但這禮物卻有保存期限，不管你花費多少心思，這份禮物終會回歸上帝。

年輕的女子什麼事都不在乎，關於美麗，那是與生俱來的祝福，所以她們揮霍青春、揮霍美麗。青春和美麗可以是一種手段，幫助她們得到想要的東西，美麗成為一種最有價值的身分。

只是美麗可以交換愛情嗎？哈！好問題！這該問問漢朝的皇后阿嬌吧！她該是頂著蒼白的髮絲，淚眼婆娑的訴說一段關於美麗的情傷。

美麗可以迷惑愛情，最初始的愛情往往先來自於那女子的風華絕代、嬌俏可人，所以其餘種種的不圓滿都尚可忍受，但是當日子只剩日常生活裡的柴米油鹽，美麗在不知不覺中悄悄流逝，愛情也慢慢消失了。唉！雖然可悲，但這可是世間普遍的一種情愛模式喔！除非愛情不再只因為美麗而存在，那麼所謂變心、薄情的事就會少一點吧？

4. 清平調三首

唐·李白

雲想衣裳花想容，春風拂檻露華濃；
若非群玉山頭見，會向瑤臺月下逢。

一枝紅艷露凝香，雲雨巫山枉斷腸。
借問漢宮誰得似？可憐飛燕倚新妝。

名花傾國兩相歡，常得君王帶笑看。
解釋春風無限恨，沈香亭北倚闌干。

　　清平調裡的「紅艷」、「名花」指的都是芍藥，也暗喻楊貴妃。在唐朝開元年間，宮中百花盛開，尤以芍藥花開得最爲芬芳美麗。當時唐明皇騎著一匹叫照夜白的馬，貴妃蓮步輕移的跟隨在後，看著春天百花盛開的美景，唐明皇龍心大悅，回頭對享譽當時的樂壇大師李龜年說：「賞名花，對妃子焉用舊樂辭焉？」遂命李白填詞、梨園弟子撫絲竹齊唱和，這首傳誦千年的清平調

於焉誕生。

芍藥花和牡丹花都是花朵大而艷麗，富貴氣很重，《花境》一書還說：「園林中苟植得宜，則花之盛，更過於牡丹。」在宮廷、堂榭、花園中常可見牡丹花和芍藥花相互媲美的情形，它們不僅在花形、花色，甚至花期都很相似。

其實芍藥花比牡丹花出名更早，很多詩詞文章中多有芍藥花的描寫，只是自唐朝以後，越來越重視牡丹花，芍藥花的名氣反而漸漸沒落。宋人鄭樵在《通志略》上說：「芍藥著於三代之際，風雅所流詠也。今人貴牡丹而賤芍藥，不知牡丹初無名，依芍藥得名。」看來芍藥花的身價已是今非昔比了！

令人想不到的是楊貴妃的遭遇竟也和芍藥花相近。在那段年輕美好的歲月裡，貴妃不但有著花容月貌的姿色，更集了三千寵愛於一身，人世間最珍貴的東西，在那段繁華的日子裡，她一樣也不缺。但安史之亂爆發後，一切的一切，都像是貴妃生命中的寒冬，她被媒孽讒詬，甚至被賜死在馬嵬坡。一朵名貴嬌豔的花，從此凋謝零落。

不知當年帶著笑意，賞玩著芍藥花的貴妃，是否也臆測到了芍藥花和她自身命運竟會如此相似？

5.
入直

唐‧周必大

綠槐夾道及昏鴉，飭使傳宣坐賜茶；
歸到玉堂清不寐，月鉤初上紫薇花。

　　槐樹在古時可是貴族皇室才能栽種的樹哩！在漢朝皇宮的最
外層，種植了一排排高大的槐樹，一大片的翠綠，不但讓皇室擁
有了天然的屏障，在滿眼新綠的環境下，總會讓人在綠意薰染
下，緩緩的釋放焦躁與疲憊的情緒。

　　除了皇室喜歡栽種之外，也因為槐樹本身枝幹高大挺拔，迎
著風，讓人覺得它有股貴族才有的獨特氣質，所以槐樹又被稱為
玉樹。沿用至後代，稱讚一個人高大挺拔、有貴族氣息，我們就
誇讚他「玉樹臨風」，其實這可是從槐樹得來的雅號呢！

　　要進入槐樹夾道的世界有那麼容易嗎？那可是皇上居住的聖
地呢！除非你是含著金湯匙出生的皇家子嗣，否則只能靠著科舉
制度這條艱辛的路了！

　　「十年寒窗無人問，一舉成名天下知。」況且這次的情況不止

這樣，這次周必大可是奉了皇上的諭令，可以風風光光的隨著侍者的帶領，走進那槐樹夾道的華麗宮殿去！周必大那有點惶恐、有點驕傲，又帶著滿溢的快樂與喜悅，真不是普通人可以領會得到的情緒啊！

都已經回到自己家中好一會了，周必大那仿若置身在雲端的感覺還沒消失呢！整個腦海裡不停浮現方才在皇宮時的情景，那時皇上還親自賜茶給我呢！坐在那金碧輝煌的皇宮坐椅上，哇！這是多麼愉快美好的經驗啊！想著想著，沒想到抬頭看看窗外，才發現月亮都悄悄的照上紫薇花上了，時間真的不早了，夜真的深了，可是人卻老是這樣清醒著、這樣興奮著。

可別笑周必大是個膚淺的傢伙，人在經歷這樣光榮美妙的時刻，往往會被沖昏頭的，何況周必大確實是經過相當的努力與奮鬥後，才獲得這樣的殊榮呢！就讓他繼續微笑的進入夢中囉！

6. 天竺寺八月十五日夜桂子

唐・皮日休

玉顆珊珊下月輪，殿前拾得露華新。

至今不會天中事，應是嫦娥擲與人。

這首詩裡的夜桂子指的是桂樹。桂樹有個奇特的地方，它只開花卻不結果實，花是細碎的鵝黃色，秋天的夜裡會有濃郁芬芳的味道飄散開來，據說它的香味還能飄散到數里之遠呢！因此又有「九里香」的別號，不過桂花的香味可是濃而不膩，芳香宜人的。

一般人都會在庭園栽種桂樹，除了它的香味讓人身心舒暢，桂花還有實際的妙用哩！當桂花開滿枝枒，趁著鮮味仍在，要一大把一大把採集下來，加些糖醃漬下來，不論四季更迭，那絕塵的香味已在你手中長遠駐留；佐入年糕、湯圓裡，淡雅的甜味，彷彿將秋的美麗與豐實一起藏進胃裡，至於其他用法，你可以試著運用自己的想像力囉！

在中國的傳說故事裡，桂樹和月亮是息息相關的。遠古時

代，礙於科學知識不足，人們對於月亮表層的黑影，有了揣想臆測的興趣。有人說裡面住著美麗的仙子叫嫦娥；有人說裡面住著一個受了懲罰的男子叫吳剛，他必須不停的砍伐玉桂樹……

皮日休在這首詩中試著寫出玉桂樹的特質、身世。因為桂樹只開花不結果的特性，讓桂樹的繁殖方式較特殊，又因為桂樹夾帶著許多美麗的傳說，因此讓皮日休對桂樹也產生了一個美麗的想像，他認為凡間能有桂花飄香，或許是在某個風涼月圓的夜裡，月宮裡的嫦娥悄悄將桂樹的枝條攀折下來，送予人間。

傳說故事不見得可信，但在夜涼如水、桂香滿溢的秋夜，你是不是也感覺到夜變得更溫柔浪漫了？

7. 遊園不值

宋‧葉紹翁

應憐屐齒印蒼苔，小扣柴扉久不開。
春色滿園關不住，一枝紅杏出牆來。

　　春天，總會讓人有種莫名的情愫，說是浪漫也好，說是有點兒失心瘋也罷！你看花兒都敢這樣毫無保留的盛開芳華，你還在那兒踟躕什麼？趁著春天美妙的光陰，咱們去做點不一樣的事吧！

　　擔心沒和朋友約好，這有何關係呢？別為了這微不足道的理由，壞了這樣的好興致啊！別再猶豫徘徊了，趁著興頭兒，先去拜訪那位在心裡老是惦念著的老朋友吧！

　　葉紹翁就這樣興沖沖的啟程了！果然！硬生生的現實馬上擺在眼前，朋友那小小的門扉，似乎禁不起我不斷的敲扣著，都快龜裂開來似的。唉！別敲了，門裡的主人一定外出去了，敲破門也不可能會有回應的。

　　該怎麼辦？我可是走了一趟遙遠的路才到這裡來的，就這樣

一個人再沿著來時路回去嗎？這時的葉紹翁一定深深的嘆了一口氣，為自己方才的不理智懊惱一番吧？

哈！這可不呢！葉紹翁可是位開朗樂天的人哩！他低頭看看一路走來的腳印，都確確實實的刻印在青苔上，誰說我白來一趟了？誰說沒人知道我來過？有青苔呢！葉紹翁望著腳下的青苔，淺淺的笑了。

朋友不在，那有什麼關係？種在屋子裡的那株紅杏花不但開得粉嫩美麗，還悄悄得探出頭來，好像俏皮地跟我打著招呼喔！春天真是有無窮的魔力哪！連門扉、連牆圍都擋不住了。

凡是喜歡訂立計劃，再依計劃確實執行的人，一定看不慣葉紹翁這樣浪漫的行事作風，但你可是別忘了一句老話──計劃趕不上變化。

所有的計劃策劃得再精密，總會有百密一疏的時候，在那令人措手不及的時刻，除了要擁有隨機應變的能力，還得擁有高EQ才能負擔得了。既然如此，有時不妨讓自己主動在生活裡加上一點兒隨性、一點兒浪漫，在理智的邊緣稍稍放縱一下，你會看到不同的風景、領略不同的心境喔！

8. 桂花

宋・朱淑真

彈壓西風擅眾芳，十分秋色為伊忙。

一枝淡佇書窗下，人與花心各自香。

　　別擔心秋天草木蕭瑟、群芳落盡，如果你選對地點在此刻展書閱讀，靠著窗扉，會有一陣陣高雅芬芳的香味伴著你進入書中世界；桂花時遠時近、既淡雅又濃郁的味道可是能和著書香，驅除掉擾人的寂寞。

　　在中國，桂花不但象徵著文人的榮譽，在科舉時代，桂花還是文人學子參加考試時的吉祥物呢！一直到今日，不論參加大大小小的考試，有些長輩還會特別叮嚀，記得帶七片桂葉在身上，聽說桂葉可以讓考運變好，不知這樣的傳說是真是假，下回參加考試時，不妨請你親自來試試。

　　桂花與文學、科舉會產生關聯是從晉朝的郤詵開始的。據說郤詵是個正直不阿、博學多才的人，有一天，晉武帝要他形容一下自己，郤詵以桂花來比喻自己，他說：「臣舉賢良對策，為天

下第一，猶桂林之一枝，崑山之片玉。」從此，桂花崇高的地位已在文人心中扎下了根。在古代，考中了舉人還有個特別的名稱，就稱為「折桂枝」。

　　不管捧書夜讀是不是為了考試，但在秋夜裡有襲襲的涼風，帶來陣陣撲鼻的桂花香，夜讀的寂寞已經悄悄被驅散開來了。

9. 送茉莉花與長慶

宋・楊萬里

江梅去去木樨晚，萱草石榴刺人眼。

茉莉獨立幽更佳，龍涎避香雪避花。

朝來無熱夜涼甚，急遣花童問花信。

一枝帶雨折來歸，走送詩人覓好詩。

　　想送朋友一株花，但該送什麼好呢？每個人有其獨特的個性，花也是一樣啊！最好送出去的花和這位朋友的性格有相得益彰的效果才好。

　　楊萬里苦苦思索著，該送什麼樣的花給長慶才適當，梅花堅毅不拔的風骨是挺適合的，可惜這時節梅花都已凋零；木樨花那絕塵優雅的模樣，也是不錯的選擇，可惜要木樨開花還得等上好一陣子。

　　說到現在滿園盛開的萱草和石榴花，卻又顯得太鮮豔奪目了，這樣大剌剌的方式，可不符合長慶的性子。

　　遍思所有花卉後，還是茉莉最合宜了！看著園中那株茉莉，

雖孤獨的挺立在那兒，卻總能在花季時，緩緩的綻放潔白的花瓣，優雅的吐露著芬芳，那素白的色澤比瑞雪更顯聖潔，香味也比最名貴的香料更令人陶醉。

楊萬里笑了，他心中終於有了答案，決定花種後，他立刻派遣花童去花園裡遴選最好的茉莉，看著那株茉莉花猶帶著雨露，微微含苞待放的姿態，楊萬里在和好友離別之際，一邊握著好友的手，一邊將花兒遞送出去。

這花兒不但要告訴長慶，他擁有的是和茉莉花一般高潔的個性，也要叮嚀長慶，離別後別忘了多寫些詩，也期望他寫的詩可以像茉莉花一般清新脫俗、耐人涵詠。

送別時不見得要涕泗縱橫，也不見得要難分難捨，因為知道彼此擁有的是真正的知己，所以明白即使自己遠在天涯海角，他都會苦苦來相尋。

既然知道友情深厚，那離別就沒啥好怕的，知道他有不得已的理由才需要遠行，那就不必折柳相送了，依依不捨、苦苦相留只是徒增感傷，就遞上一株茉莉吧！讓他知道在我心中，除了對他高潔的性格有著景仰，在他要遠行時，還有我殷殷的祝福！

10. 茉莉

一卉能令一室香，炎天猶覺玉肌涼。

野人不敢煩天女，自折瓊枝置枕旁。

　　劉克莊的詩文是以喜歡運用典故出名的，不過在這首詠茉莉花的詩中，卻連一個典故也沒有，連華麗的對偶句都省略了，因爲這樣的寫作方式最符合茉莉花的本質。

　　淡雅的語句裡，有劉克莊最深刻的感情，就像茉莉花小小的花蕊，飽含的卻是濃郁幽然的香味。

　　你曾因爲愛戀一個人，而改變自己原有的思慮習慣嗎？心中惦記著她、腦中浮現出她，不久後，你甚至發現自己開始不自覺的模仿起她的一言一行了，她的喜歡變成你的喜歡，她的口頭禪變成你朗朗上口的話語，然後你知道糟了，你被她迷惑住了！

　　在你心中她是天女下凡，在她面前，你開始支支吾吾，像個傻瓜，原有的伶牙俐齒突然間消失殆盡，你知道只要在她跟前，你就像個未進化的野人，唉！你的雙頰已經微微泛紅，開始羞赧

了起來。

　　你願意費盡千辛萬苦，只為見她一面；你願在她面前繼續手足無措下去，只因偶爾抬頭瞧她一眼，你的心中就滿是幸福洋溢的感覺，就像劉克莊帶著歡喜虔敬的心，小心翼翼的摘下茉莉花，放在自己枕畔旁，只因他對茉莉有愛戀、有敬仰。但是，是什麼樣的魔力，會讓人如此沉迷陶醉？茉莉並非最嬌豔美麗，卻是劉克莊最愛惜珍重啊！

　　美豔明麗的外貌，在初見時會讓人眼睛為之一亮，甚至目光會隨著她流轉，可是能真正得到一個人發自內心的愛戀，卻是來自她的性格和涵養，像一壺醇酒，在歲月的洗鍊下，反而更顯香醇迷人，這樣發自內在的招引也比較堅固恆久，這道理就像茉莉之於劉克莊吧！

11. 遊山西村

宋・陸游

莫笑農家臘酒渾，豐年留客足雞豚。

山重水複疑無路，柳暗花明又一村。

簫鼓追隨春社近，衣冠簡樸古風存。

從今若許閒乘月，拄杖無時夜叩門。

　　我們總會自以為是的將人分為好幾個層次，「那人知識淵
博、談話幽默、品味高尚，所以我們對他的態度也恭恭敬敬，絲
毫不敢有造次的念頭；這人像鄉下莽夫，粗手粗腳，嗓門又大，
就連站在他身邊都覺得有些丟臉呢！」你也有過這樣的心情嗎？

　　只是我們往往忘記了，在那精巧的裝扮後，人的心思也機巧
了許多，遇到了有利害關係的當兒，第一個想犧牲掉的就是別人
了；當然，他的言語還是溫柔客氣，但是不知不覺，他已把另一
個人弄得傷痕纍纍了。

　　而那個粗里粗氣的鄉巴佬呢？老是大聲吆喝著，不管高興或
生氣，他總也是大剌剌的呼喊著，這樣的行為或許欠缺優雅，或

許令你皺起眉頭，但是當你被欺負了、當你眞正遇到困難時，他又是這樣張開手臂，大聲吆喝著，沒錯！第一個跑出來幫你的，還是他！

陸游是個有學問、見過世面的官員，但是讓他深深感動的，卻是大字也不識幾個的鄉野村人。他們沒有知識、也無法談論時事，不過他們卻有一顆熱呼呼的心。酒不一定濃醇，鄉野之間的食物或許也略顯粗糙，但是那濃厚純樸的情意卻是直接了當，直接撞進你心坎裡，讓你不由得有了想哭的感動。

但是山間的小路一條又一條，彎彎斜斜，你不見得辨識得清呢！要走到鄉間去，並不是一件容易的事，本來，你覺得前面的柳樹遮擋了遠方的小路，走近一看，才發現原來不遠的地方又是一個美麗的村落！

要尋找到那樣質樸的人，你就得像陸游一樣，走過一條又一條曲曲折折的小道，或許就在你失望、想放棄的當兒，你才赫然發現他就在你身旁。

只是鄉下人的純樸和熱情不是每個人都懂得欣賞，就像河岸邊的楊柳樹，它開出來的花也沒幾個人會仔細觀賞。楊柳花既細小又不起眼，但是它卻飽含著甜美的花蜜，足以供應蜂蝶一整個春天的食糧哩！

12. 幽居初夏

宋·陸游

湖山遠處放翁家，槐柳陰中野徑斜；
水滿有時觀下鷺，草深無處不鳴蛙。
籜龍已過頭番筍，木筆猶開第一花；
嘆息老來交舊盡，睡餘誰供一甌茶。

　　陸游的別號稱爲放翁，是一個充滿熱情與理念的詩人，他對國家有熱烈的情感，但是勢局的變化並不是他可以掌握。

　　陸游雖然盡了全力往自己的目標前進，可惜他所擔任的官階都不大，能發揮的影響力有限，直到他都成了年邁的老翁，報國仇、雪恥辱的事還是他最沉重的心事，不只在神智清醒的日子裡，就連夜裡的夢境，陸游仍舊熱血澎湃。

　　激越的情緒持續太久會傷身，更別說是抱持一個用一輩子努力，也完成不了的夢想。這種種的缺憾，讓陸游有些傷悲、有些無力，所以鄉下的生活對他而言可以說是一種平衡、一種能量的再給予。

鄉下有個水波瀲灩的湖泊，沿著湖泊走去，路旁有著高大的槐樹，兩旁還有兩排楊柳樹，微風吹過，它可會輕輕拂著路人的衣衫，夜晚時分，還可以聽聞從深深的草叢處，傳來一陣陣響亮的蛙鳴聲，尤其是清晨，如果你起得夠早，就可以和農人一起到竹林去採摘鮮嫩的竹筍……這樣的鄉居生活是愜意自在的，只是陸游在詩的最後兩句還是透露出淡淡的遺憾與不滿足。

　　自然景色不管多麼清淨悠閒，總是不能像個知心的朋友，可以一起喝杯茶，聊聊那些共同有過的生活片段，或許有朋友的安慰，能快些解開那些纏繞在心底的繩結啊！

　　曾經和朋友到過貓空，夜裡的星星閃爍明亮，我們在一家別有特色的茶店裡歇歇腳，喝著茶，天南地北的閒聊開。不一會，老闆和老闆娘也加入我們的聊天陣營，沒想到雖是初識，大家都還能相談甚歡哩！我們發現老闆娘不只美麗，才識更是出眾，而老闆呢？長聊之後，肯定他絕非泛泛之輩。

　　哈！事實果然如我們所料，他們就是所謂的「五年級生」，

民國五十幾年出生的，說起那段風光的日子，他們在城市裡可是坐領百萬年薪呢！為何放棄城市裡的高薪，選擇這樣偏遠的山城賣茶？

老闆笑得有些靦腆，老闆娘也微笑不語，唉呀！不論原因為何，都無所謂啦！我喜歡這樣的野茶店，在這樣有星星的夏天夜晚，喝著清淡甘醇的鐵觀音，尤其還有這樣見識廣博的茶店主人呢！還有什麼心結纏繞在心頭呢？我想我是比陸游更幸福的。

尋回靈性本我

培養善心,自我省思,充
實本心,這應是比一棵植
物還要更能做到的事。

1. 蒹葭

詩經・秦風

蒹葭蒼蒼，白露為霜；所謂伊人，在水一方。

溯洄從之，道阻且長；溯游從之，宛在水中央。

蒹葭淒淒，白露未晞；所謂伊人，在水之湄。

溯洄從之，道阻且躋；溯游從之，宛在水中坻。

蒹葭采采，白露未已；所謂伊人，在水之涘。

溯洄從之，道阻且右；溯游從之，宛在水中沚。

　　詩中的蒹葭就是蘆葦。蘆葦喜歡濕冷的土壤，所以多生長在河邊、沼澤。蘆葦多在秋天開花，一枝一枝，蓬蓬鬆鬆，在秋風的吹拂下，有著落寞蒼涼的味道。

　　「秋深了，河邊的蘆葦開滿了花，蘆葦花上的露水因為天冷的緣故，都結成一片雪白的霜。我心中最在乎的人，卻在水的那方，我多想沿著河邊，向他走去，但是必須倒逆著水勢，這條路看來是走不通的！我好想告訴他，希望他跟著我到山裡隱居去吧！別迷戀著那不切實際的功名。

秋更深了，我仍然只能坐在水湄處，遙望著遠方的他，蘆葦花上的露水一滴滴，落個不停，我彷彿看見他就站在水中央，好像觸手可及哪！唉！是我思念他過深吧！才會有這樣的幻象出現，可惜他聽不見我心裡最深處的話。」

官宦仕途一直是大多數男人內心最渴求的夢想，當官階愈爬愈高，隨之而來的財富、權力容易迷惑原本純樸善良的心，很快的，人性中貪婪、黑暗的一面就被激發出來了！那麼終日在這黑暗的漩渦浮沉，生命的靈性也會被消磨殆盡，關於愛情，再也不會有閒暇的時間和心思去營造體會，對於那個一直守候在他身邊的人，慢慢的就變得視若無睹了。

詩中的女子無法用這一番話說服心上人，也無法將他留在身邊，只能獨自在深秋的水濱，抒發著對情人的思念和淡淡的幽怨，望著一片蒼茫的蘆葦花，女子的心情一定被濃濃的落寞所籠罩著……

2. 青谿

唐·王維

言入黃花川，每逐青谿水；
隨山將萬轉，去途無百里。
聲喧亂石中，色靜深松裡；
漾漾泛菱荇，澄澄映葭葦。
我心素已閒，青川澹如此。
請留盤石上，垂釣將已矣。

　　王維的詩裡有很強的圖畫意象。透過他的詩，你可以走進山裡、沒入林中，更可以走入禪佛的境界，因為王維是個佛教徒，他對禪理有很高的悟性，透過詩文，王維將他對佛學、禪理的領會表達得悠遠清澈。

　　「很多人都說要到黃花川去，就得經過水勢湍急的青谿，這條水路得環繞著山勢而行，確實是曲曲折折啊！在船槳行進間，不斷聽著水波拍打著亂石，但岸邊的松林裡，卻自成一處幽靜的世界，回過頭來，又可看見水面上飄蕩著菱角和荇菜，還有一道澄

淨的水光映照著岸邊的蘆葦呢！

我的心長久以來就是這樣詳和寧靜，面對眼前的波濤洶湧，對恬淡的生活真味，彷彿又有了更深一層的體會！或許我可以就這樣靜默的坐在岸邊，手持釣鉤，就此過完我最後的人生。」

王維詩中的蘆葦可不是普通的植物。在古老的年代裡，傳說女媧用五色石補完天之後，面對滔滔不止的江水，竟一時束手無策，最後還得借助蘆葦的力量，才能讓大地恢復平靜安穩。

原來女媧是將蘆葦磨製成灰燼，再利用這些蘆灰擋住滾滾而來的洪水。蘆葦的神奇之處還不只如此，聽說在唐朝以前，人們就相信用蘆葦瘦長的枝幹，可以驅趕邪靈惡鬼，讓自身的靈魂得到安適。

細讀這首詩後，你能感受到王維在這首詩裡有強烈的退隱念頭和深切的避世觀點吧！只是你會認為王維的個性是怯懦不前的嗎？這可不！王維的仕宦之路波波折折，他曾經貴為一朝之相；在安史之亂時，也曾經是階下囚，生命中許多困頓與榮耀他都一一經歷過。

只有曾經歷經過滄桑與榮耀的人，才能像王維這樣，面對滔滔滾滾的江水，還能安適自在的坐在岸邊石上垂釣吧！

3. 山行

遠上寒山石徑斜，白雲生處有人家。

停車坐愛楓林晚，霜夜紅於二月花。

　　這首詩是描寫杜牧到山上去的情景。不但寫山景，也寫到當他看見滿山楓紅時歡欣喜悅的心情。

　　楓樹變紅的原因在於它體內的花青素。受到低溫的刺激後，花青素會促使楓樹的葉子轉變成鮮明的紅色，散發出令人難以抗拒的亮麗，那樣絢麗的色澤和紅豔的春花相較，還多了一份深沉、內斂的氣息，難怪杜牧會驚嘆不已了。

　　秋天該是個豐收的季節，尤其當你看著楓葉慢慢轉成深深的紅色時，在心底埋藏多年的秘密，也會隨著西風慢慢飄落而下，像是成熟已久的果實，需要一個懂你的人來採擷。

　　有天大夥一起到奧萬大，去觀看滿山火紅的楓葉。路程真的遙遠，尤其愈到後面，就有愈爬不完的階梯，看著一行人已超越我了，就令人感到喪氣，鴻宇看我那副德性，只好陪我當墊底。

一路揮汗如雨，終於看見滿山楓林，初見的那一刻，我卻驚訝得說不出話，是我們來早了嗎？還是今年的夏天太長了，多數的楓葉依舊翠綠，何來嫣紅啊？或許人多氣氛熱絡，沒人管楓葉是不是火紅。

　　看著鴻宇獨自坐在那裡，一個人把玩著從地上撿來的紅色楓葉，我忍不住湊過去，沒錯，他該是個有故事的人。

　　那時他才二十歲，喜歡一個叫曉楓的女孩，那女孩除了美，最讓鴻宇動心的是她才華洋溢，彈得一首好琴，是音樂系的才女。

　　當時的曉楓像一葉剛扉紅的楓葉，一大群人等著去採集，鴻宇只能遠遠觀看、遠遠欣賞著，對曉楓的愛是他心底最苦澀的秘密，一直到大學畢業，鴻宇始終認為自己高攀不起，他願意默默的守著這個秘密。

　　再次遇到曉楓時，鴻宇有無限感慨，他已是一家大公司的行銷經理，曉楓卻剛離婚，為了生活，就在鋼琴酒巴裡當鋼琴伴奏師，唉！這其中有好多關於歲月留下的心酸。

　　為何他們的相遇總是缺少一種可以讓愛情發生的緣分？第一次相遇得早，他還是一無所有的懵懂少年；第二次卻相遇得太晚，她已是一個孩子的媽媽了。

鴻宇指著滿林深綠的楓葉，苦笑著說：「你看！多像現在的情形，我們來得太早，楓葉卻紅得太遲……」

　　該怎麼安慰鴻宇呢？唉！我想，這就是人生吧！總是不停的錯過，來得太早是錯過，來得太遲也是錯過，能來得剛剛好，那真的是緣份了！

4. 醉落魄

唐‧程垓

夏圍初結，綠深深處紅千疊，杜鵑過盡芳菲歇，只道無春，滿意春猶愜。

折來一點如猩血，透明冠子輕盈帖，芳心蘸破情尤切，不管花殘，猶自揀雙葉。

說到杜鵑花，我總會想起念台大中文系的可慧，她有一頭烏黑亮麗的髮絲，披散下來亮得如絲緞，尤其她那紅潤的雙頰，美得令人忌妒。她該是一朵人人捧在掌心上，美麗芬芳的花，但千不該、萬不該，她參加的社團是戲劇社。

你該說戲如人生吧！只是假作真時真亦假啊！可慧的性子就是敗在這裡，她凡事都認真，連演戲都好認真，在那場戲裡可慧是女主角，男主角是外文系的才子，其中一幕戲，他該為可慧帶上花冠的，但誰也沒想到這幕戲卻延伸到真實人生去。

那位外文系才子不知打啥心眼，丟了道具中的假花冠，竟到椰林大道上摘了一朵一朵桃紅色的杜鵑花，細心的串成一個美麗

的花冠，在首演那夜套在可慧頭上，從此，可慧被套上的，還包括那顆情竇初開的心。

眞的花朵美麗又芬芳，只是很快就會凋零，男主角的熱情果眞只維繫到杜鵑花的花期過後。

不到半年，可慧老是紅著雙眼，別人是因爲天氣熱，所以身子不停留著汗，而可慧，她是眼睛不停的出汗，她總是不停抹著眼角的淚水，關於傷心的事她絕口不提，只是幽幽的說今年夏天好熱啊！

沒人知道該怎麼安慰她，她也從不跟誰提這段傷心事，只是她總是一個人蹲在椰林大道上，撿著一朵朵飄落而下的杜鵑花。

畢業前夕，我們幾個朋友一起吃飯，或許因爲感受到離情依依，大家不覺喝多了，可慧笑得有些淒涼，她邊掉眼淚邊說：「到底是戲如人生還是人生如戲啊？怎麼演戲時得用眞感情才能將戲演得好，眞實人生中卻不能用眞感情，否則就會把自己弄得一塌糊塗，你們到底說說，怎會這樣啊？」

感情太眞摯，往往傷了自己；太虛僞傷的就是相信它是眞實的人。做人眞的難，春天已過，杜鵑花也凋落。杜宇啊！千年前的你是否也因爲拋不掉自己眞實的情感，所以日夜受苦難的煎熬？在愛情裡載浮的千萬個可慧，拋掉杜鵑花的迷思、拋掉給你

杜鵑花的男人吧！對自己眞實就好，對自己的感情眞實付出就好，好嗎？

5. 百憂

萱草女兒花，不解壯士憂。

壯士心是劍，為君射斗牛。

朝思除國難，暮思除國讎。

計盡山河畫，意窮草木籌。

智士日千慮，愚夫唯四愁。

何必在波濤，然後驚沈浮。

伯倫心不醉，四皓跡難留。

出處各有時，眾議徒啾啾。

　　萱草又叫忘憂草，在傳統中國人的心裡，它是屬於母親的花。母親啊！這稱謂在古老的中國裡，可是個艱鉅又辛苦的角色。男孩子大了，就該志在四方，為了求取功名，就得千里迢迢離鄉背井；為了實踐理想，或許得四海為家，但有誰去揣想過這位浪跡天涯的男子，他也有個母親？這母親又是怎樣的心情？

　　懷胎十月或許辛苦，分娩時強力的拉扯撕裂更是痛苦，但這

一切卻都比不上一輩子為一個人掛心。母親這角色就是這樣，幾乎是沒有當完的一天！

怎樣叫孝順？讓她衣食無缺嗎？既然不在她身邊，這些就不容易知道，那就祝她無憂無慮，不再有掛心的事吧！聽說有種花叫忘憂草，吃了能解憂除悶，那就讓我為她種下吧！種在她的庭院外、種在她的窗扉旁，橙紅色的花朵在晨風中綻放，她的憂愁就會飄散開來，如晨露、如早霜，在金黃色的陽光下只有溫暖。

孟郊曾經寫了一首遊子吟，就是為了感謝母親的辛勞。孟郊的確是一個滿懷理想抱負的男子，為了求取心中所謂的功成名就，他埋頭苦讀，科舉考試的失敗打不倒他的鬥志，為了能專心唸書，他的世界裡只有書本，其餘生活的瑣瑣碎碎都靠著他慈愛的母親來提供。

日子就這樣持續好幾年，孟郊終於如願以償，得到他所謂的功名了，在大紅的轎子裡，孟郊滿是幸福喜悅的心情，但再往下細想，這一切喜悅的背後都是由他那位慈祥的母親獨立承擔下來的。母親可是用青春、用愛心為他撐起一把傘，擋住外面世界的風雨啊！他想起滿頭白髮的母親，在微弱的燈光下為他一針一線織著衣服的情形，不禁淚流滿面……

6. 萱草

唐・李咸用

芳草比君子，詩人情有由。

祇應憐雅態，未必解忘憂。

積雨莎庭小，微風蘚砌幽。

莫言開太晚，猶勝菊花秋。

　　萱草在西方叫「一日美人」，它雖然美麗，只可惜花朵凋零得很快，早上才綻放的花蕊，黃昏時刻就凋謝了，但是當它一盛開，彷彿所有光芒一起照射，那可是一種強大的力量啊！尤其是一大片的萱草花齊開放，幾乎讓人睜不開眼。

　　萱草真的可以讓人忘卻煩憂嗎？解鈴人還需繫鈴人啊！問題出在哪兒？只有自己有法子可解！不過看著萱草那優雅的姿態，或許可以舒緩一下你被煩憂所困、無所適從的疲憊身心吧！

　　麗兒每次念到這首詩，就是一副若有所思的樣子，拗不過我們的好奇心的追問，她說：「你們一定不相信！念到這首詩，我會想到我繼母。」看著我們不可置信的樣子，她說出一段往事。

十三歲時，麗兒的父母離婚，麗兒跟隨父親，但是幾乎不到半年的時間，父親就和現在的繼母同居了，麗兒非常憤怒、傷心，她從不跟繼母說話，就當是最沉痛的抗議。這些不滿的情緒不斷累積，終於在麗兒十五歲時爆發了。她蹺家，等父親找到她時，她在醫院，被她認定為男友的人，將她拋棄在街頭。

繼母知道麗兒不願跟她說話，就只是默默的陪在麗兒身邊，餵她吃飯吃藥，從不問她發生過什麼事，一個月後，麗兒要出院那天，繼母卻一陣暈眩後，暈倒在麗兒跟前，直到那一刻，麗兒才真正原諒了繼母，打從心底接納了她。

「很多事說了不見得有用，說了對方也不一定懂，那就陪伴在她身邊，讓她知道有人支持她，不管路有多遠、多坎坷，都有人會陪伴她，這份力量就足夠讓她抵擋所有外來的痛苦。」這段話是麗兒經過這段慘綠年少後，打從心底最深刻的感觸。

繼母和麗兒雖然不是天生的母女，但那份已深耕下去的親情，卻在她們之間閃耀著光輝，這份在痛苦之中給予的陪伴和支持，已經比真正的母親能給予的還要多一些了。

「莫言開太晚，猶勝菊花秋。」唸到這裡，麗兒的笑容很燦爛，我想在這個分秒裡，麗兒該是忘憂的吧！她擁有的，可是另一個上天多賜予她的母親呢！

7. 和晉陵陸丞相早春遊望

唐・杜審言

獨有宦遊人，偏驚物候新。

雲霞出海曙，梅柳渡江春。

淑氣催黃鳥，晴光轉綠蘋。

忽聞歌古調，歸思欲沾巾。

　　綠蘋指的其實就是綠色的浮萍！看著晴朗的陽光閃耀在一片片的浮萍上，有種暖洋洋的味道，是春天來了。

　　但是春天的綺麗風景，對杜審言來說卻是一種哀切的感受，黃鸝鳥聲聲婉轉的歌唱、淡紅色的霞光，還有嫩綠的楊柳樹……一切都很美，卻美得令人想掉眼淚。

　　春天的美是需要一顆閒適的心才能感受到的，一個旅居在外的遊子，春天對他來說可是催人熱淚的季節。

　　一個人一生中的精華歲月都奉獻在政治上，為了配合官位的升遷，就得一次又一次的遷移住所，好不容易對一個環境熟悉了，卻又得再次離開，何處是家鄉、何處是可以生根的地方，杜

審言一定模糊了吧！

　　春光如此美好、春景如此動人，只是流徙了這麼多地方，卻說不上哪兒的景色也像此時此地。是沒認眞去記憶？還是不敢去記憶？你相信嗎？所有的事只要將它納入記憶裡，就會產生感情，而感情總是惹得自己牽牽絆絆、淚流滿襟，是讓人最急切想去除的部分啊！怎能放任自己，讓景物進入記憶？

　　關於流浪的種種痛楚，杜審言尚且能忍受，但那一聲聲古老的樂音，悠悠遠遠的傳來後，杜審言再也忍不住那滿腔的悲切，只能任由滿眶的淚水奔流而下了。

　　這樣的老調深鎖在記憶的門扉裡，是關於年輕時的片段，有家鄉、有夢想，還有少不更事的年少情懷哪！聲音如此悠揚，往事也歷歷如昨，既鮮明又生動。淚水慢慢變冰涼了，杜審言也領略不少事了，漂泊流浪這麼久，說是要追求一個官場上的夢，當髮鬢斑白，最想念的還是那個久違了的故鄉，還有年輕時生活的片段啊！

　　生命最燦爛光華的部分，不就像此刻的春光綠景嗎？只是杜審言將生命中最精華的時刻都流離散盡了，在春天的季節，看著水中漂浮不定的浮萍，那種深切的悔意和感慨，除非親自走過一遭，才能懂得杜審言淚水背後的蒼涼感受吧！

8. 舒州歲暮

宋・張弋

窮冬日日愛天晴，古寺門開絕送迎。

野鶴忽來橋上立，山僧獨向水邊行。

過寒梅樹白全少，入臘草芽青漸生。

又是舒州一年了，怕看新曆動鄉情。

　　如果你終日忙碌，時間在你身上流逝得太迅速，那麼你對時間的轉移會變得麻木，忙得昏頭轉向時，甚至會忘記今夕是何夕！

　　如果日子可以過得更從容一些、時間在身上可以多停留一會兒，那麼你將發現大自然的景物會隨著時間的遞轉有著明顯地轉化。

　　張弋將舒州的歲暮景色寫入詩中，其中有對風景變化的描寫，也有自己對時間流逝的感懷！

　　「在寒冷的嚴冬裡，我每日都期望著暖洋洋的陽光，那間古老的寺廟不再迎接香客來臨，野鶴偶然間在橋邊停歇，山僧獨自沿

著水濱往前走去，在冷冷的空氣裡，山林在一片蕭瑟中更顯得清靜寂寥了。等到這寒冷的天過了，要看見開著純白花朵的梅樹就少了；到了臘月後，草兒也會慢慢抽出青芽，轉眼間我在舒州又要度過一年了，真怕再見到新的年曆，那會觸動我體內那股濃濃的思鄉之情。」

「人在異鄉為異客，每逢佳節倍思親。」每當歲末時節，異鄉的遊子都會盡可能回家團聚，不能回去的也都會以書信報平安，而張弋，似乎離開家鄉好久了，眼看這一年要回鄉的希望也渺茫了。看著純白的梅花漸漸稀少，新年快到了，以往被繁瑣的俗事纏繞著，並不在乎時間是如何度過的，但此刻，一切的瑣事都可停歇時，心情卻被一股愁緒攏罩，除了對家的懷念，也對歲月悄悄的流失，有深深的感慨！

9. 春日

宋·秦觀

一夕輕雷落萬絲，霽光浮瓦碧參差。

有情芍藥含春淚，無力薔薇臥曉枝。

有人批評秦觀的詩是「時女遊春」，說他詩的題材、文風老是像個柔柔弱弱的女人，太婉約纖細了！

「男人應該陽剛果決、應該意氣風發，這才像男子漢……」只是現在的你還贊同這樣的想法嗎？你是不是也同我一樣，笑著說這樣太迂腐。

其實，真正令人欣賞的男子，是該具有人文氣息的！人文氣息來自何處？除了知道莫內、聽過歌劇，還要能欣賞大自然，懂得觀察萬事萬物，從中去吸取智慧和學問！

遠在宋朝的秦觀，就是一個令女人願意坐下來，和他好好談心的男子。當你細細看完這首詩，你就知道他有一顆溫暖柔軟的心，否則他如何懂得走進春天，貼近芍藥花的心境世界？

「春天是美麗也是多變的，昨夜，響了幾聲輕雷，接著下了一

陣輕柔的細雨，沒想到清晨時刻，陽光又露出臉了，一片耀眼的陽光灑落下來，在藍綠色的琉璃瓦上，浮動著美麗的光影，芍藥花飽含著雨露，彷彿是帶著晶亮的淚珠……」

你養過花嗎？不是插在瓶子裡的花，得長在泥土裡的才算！如果有，你就知道秦觀說的「有情芍藥含春淚」是什麼意思了。

很多人因為植物不會移動，而忽略了它是個可以自由生長的生命體，養花後才知道我們都太小看植物了！

植物不但會移動，還會往正確的方向移動，這叫「趨光性」！有雨有水時，它會輕輕含著水分，不管細看遠看，每一滴水珠真的都像一顆晶瑩的淚珠，只是，你得用心去觀察。

芍藥花的美是令人動容的，看著芍藥飽含著水滴，真像看著一位美麗的女子輕輕掉下淚珠，我竟有些愛憐的情愫浮溢出來了，怎麼搞的？難道真是多愁善感的老毛病又犯了？唉！想想數百年前，那個站在芍藥花前低頭吟詩的秦觀，也是這般心情嗎？

10. 題榴花

宋・朱熹

五月榴花照眼明，枝間時見子初成；

可憐此地無車馬，顛倒蒼苔落絳英。

　　五月的榴花紅豔艷的開在枝頭上，讓人眼睛都不自覺明亮起來呢！一粒粒飽滿成熟的果子，纍纍的垂掛在枝頭上，可惜這兒連一戶人家也沒有，空有枝頭珍貴的石榴，也是枉然啊！

　　在中國北方，石榴可是相當昂貴的水果，還有句俗諺說：「白馬甜榴，一實值牛。」想嚐一顆石榴，都得用一頭牛來換呢！可惜今非昔比，在這無人居住的山林裡，石榴的果實只能贈與大地，或是犒賞一下偶爾經過的鳥禽吧！

　　傳說石榴花也有個男性的花神，就是鬼王鍾馗。鍾馗是唐朝人，性情剛烈、自尊心很強，他無法忍受自己空有滿腹學識，卻得經歷科舉失敗的打擊，而一頭向皇室的石階撞去，了斷了生命。當時的唐玄宗知道這件事，認為鍾馗很有志氣，就賜了一襲綠袍給他陪葬。

有一天，玄宗生病了，夢中出現一群醜陋的小鬼，正惡意的整著玄宗，就在危急的當兒，突然出現一個穿著綠袍的大漢，將小鬼抓住，大口吃下；這夢中的大漢就是鍾馗。

　　有人說鍾馗在陰間當了鬼王，專門斬妖除魔，會出現在玄宗夢境中，是為了前來相救，報答玄宗對他的知遇之恩。不管事實真相如何，後人都會在門上貼上鍾馗畫像，期望能驅避邪魔。

　　五月有端午節，中國習俗裡為了去病驅邪，不但會灑硫磺、插艾草來去毒，還會貼上鍾馗的畫像來驅邪；五月也是榴花盛開的季節，榴花火紅的花色，正襯托著鍾馗烈火般的性格。還有人在鍾馗畫像上多在他的耳邊加添一朵艷紅的石榴花，或許人們認為這兩者真有相得益彰的效果吧！

　　烈火般性格的鍾馗有了一個知音，所以他願意除盡小鬼，報答玄宗的賞識；但獨自生長在山野裡的石榴花呢？別再感嘆找不著知心人，不妨低頭看看地上那一片深綠色的青苔吧！它那抹深深淺淺的綠痕，不是正有意無意的在襯托著石榴花瓣，那明艷驕傲的火紅嗎？

11. 梔子

明‧陳淳

竹籬新結度濃香，香處盈盈雪色裝。

知是異方天竺種，能來詩社攪新腸。

梔子花的花朵碩大，花色潔白又清香，當花朵凋落後，一顆顆黃褐色的果實就誕生了。之所以稱為梔子花，是因為果實的形狀長得和古代的酒杯極為類似，而古代的酒杯就稱為「巵」。

梔子花在中國人心中，是極有用處的經濟作物，除了花朵美麗、味道芬芳，梔子花的果實還可提煉出高單位的色素，而且，整株植物都可當作藥材，不論是根、莖、葉都有治療病痛的功效。

遠在漢代，皇帝就特別為梔子花開闢一方種植的園地，就稱為「梔茜園」，另外還派遣一位官吏專心廝守著，因此當時的梔子花可是和金銀珠寶同等價位的！

陳淳在這首詩裡提到梔子花來自天竺，其實是謬誤的，梔子花的原產地是在中國南部，並非遠在千里迢迢的古印度。

不過梔子花來自何方，似乎沒那麼重要，如果你也曾在春天的黃昏裡，看著一樹梔子花都盛開的模樣，你也會為它神魂顛倒的！誰還會管他這些細部問題？陳淳或許也是因為抵擋不住梔子花的柔媚清香，才為它題上一首詩的！

　　說到梔子花，我竟會泛起一些微微的鄉愁，而那些愁緒翻飛自古老的記憶。

　　很小很小的時候，老家的後院種了一大片的梔子花，春天的黃昏是屬於孩童的，在梔子花下有著數不完的遊戲和歡笑。

　　是孩子式的歡笑聲吸引人？還是梔子花的香味濃烈到能牽引著美麗的少女？在遊戲的空檔時，我發現有雙深邃美麗的眼睛正對著我們發笑，這位美麗的姊姊很快就加入我們的歡笑聲裡。

　　後來的事總有些悲涼，那雙美麗的眼睛來自於原住民特有的晶亮，都已經親暱的喊她姊姊了，她卻要匆匆的遠嫁他鄉，原因或許和她愛喝酒的父親有關。

　　多年後的夢中仍會出現一大片潔白的梔子花，還有她那雙美麗的大眼睛；夢中有梔子花濃濃的香味，隱約中，我似乎還聽見一聲悠悠的嘆息。

　　這些記憶本已模糊不清楚，卻在我隨手翻閱植物圖鑑時鮮明了起來。「在眾多山花中，台灣山區的野生梔子花，為山胞所鍾

愛，他們彼此約束，除非梔子花長在耕種的田地上，否則永遠不准砍伐。他們叫梔子花為柯富飾，就是花王的意思。」

　　書上記載的是梔子花的身世，但我卻無法再見到夢中的梔子花，好不容易回到老家了，同樣的地方卻因為時間的變遷，讓四合院改建成鐵皮工廠，無論怎麼努力，我再也無法回到夢裡的梔子花園了，除了感傷，真的無能為力，這也叫鄉愁嗎？

　　那雙美麗眼睛的主人身在何處？我也無法尋找了，但卻有一份情誼會隨著梔子花的香味瀰漫飄散在記憶深處，我想不要再叫它梔子花了吧！就稱它為柯富飾，因為要紀念一份遙遠的、屬於童年的記憶，雖然它無法再回來，只是你確切的知道著，有這麼一件事、這樣的一個人存在過。

12. 浣溪沙

清‧納蘭性德

誰念西風獨自涼，蕭蕭黃葉閉疏窗，沉思往事立斜陽。

被酒莫驚春睡重，賭書消得潑茶香，當時只道是尋常。

納蘭性德有個摯愛的妻，妻子卻死得早，但死的只是肉身，在納蘭性德心裡，這份愛情和思念是永遠不死的。

這闋詞裡的「賭書消得潑茶香」也是一個關於愛情的典故，是關於李清照和她的夫婿趙明城之間的故事。李清照是當時享譽盛名的才女，趙明城也是來自書香世家，這對夫妻平時最大的興趣是到舊書攤買書，回家後煮一盅茶，一邊喝茶，一邊談論書中的種種，有時兩人在談笑間，笑得太開懷了，往往會不小心弄翻了手中的茶杯，茶水雖清香，卻也濺得一身都是。

在納蘭性德的一生中，時常思念著已故的妻子，或許他們之間的情誼和李清照與趙明城的關係一樣吧！都是心靈相契的靈魂

伴侶。

　　構成愛情的因素有很多，但是兩人之間除了擁有相同的興趣、根器、默契、人生理念，還能相互欣賞、共同生活的，實在不多。要讓愛情發生不算太難，但要讓兩人共同攜手走完人生路卻不容易，最難的是要一輩子活在對方的心裡，成爲他一生中的摯愛。但是你可知道愛在哪裡？思念在何處？是來自於那些轟轟烈烈的過程嗎？還是來自於熱戀時的濃情蜜意？都不是！那些激越的情愫都會成爲過往，強烈的火花也會因爲慾望的滿足後，隨之灰飛煙滅，停留在記憶核心的部分，往往是生活本身。

　　一起生活裡的點點滴滴，兩人相處時的種種趣事，都會成爲一股濃烈澎湃的思念，讓人擋都擋不了、澆也澆不熄，尤其在夜深人靜的時刻，思念的威力更是難以想像的強大。熱戀的時刻像飲了一杯濃醇的烈酒，讓你暈暈然，忍不住有了開懷快樂的情緒，但是酒醒了，會有一股悵然若失的空虛悄悄爬上心頭。

　　而眞正的愛，它像一盅上等的茶，經過適當時間的烘培醞釀，也經過適當水溫的引導浸濡，它會有一股微微的淡雅清香，初飲時雖然平淡，但是它會慢慢的回甘、讓齒頰之間溢出一股幽然的甘醇。

卷六

勇於活出自我

啟動你的行動力,抓準你的目標,別再迷失方向,超越一棵植物能給你的啟發。

1. 摽有梅

摽有梅，其實七兮！求我庶士，迨其吉兮！

摽有梅，其實三兮！求我庶士，迨其今兮！

摽有梅，頃筐墍之；求我庶士，迨其謂之。

依歷史典故來說，梅花也是有一番身世遞轉的。

在南北朝以前，栽培梅樹只單純爲了採摘果實，有時做成調味的醋，有時釀成甘醇的酒，至於賞梅、詠梅要到漢朝以後的文人雅士才慢慢興起。這首摽有梅詩是藉由梅樹上的果實來述說一個懷春少女的心事！

微暖的春風吹過，梅樹上的花朵紛紛轉爲果實了，熟透的果子凋落，留在樹上的梅子還有七成，要追求我的男子，請挑選一個黃道吉日來迎娶我！梅樹上的果子只剩下三分了！趁著梅子還沒完全凋落，快來採擷！有心追求我的男子，你就選定今天來迎娶吧！唉！如今梅子已完全凋落了！如果眞的想追求我的男子啊！不用再挑時辰了，請你現在就來說媒啊！

時間可以讓果實從青澀到甜美，適時的等待會讓正確的抉擇慢慢的浮現出來，但是太長、太久的等待也會讓許多美好的機會一再錯失，最後只剩懊悔和嘆息！

　　青春何其可貴！如果只是用來等待愛情，那麼恐怕有太大的機率會讓自己嚐盡梅花落盡、梅子也凋落滿地的淒涼畫面。況且愛情不見得可以從等待中求來！如果你也曾在等待愛情的路上添了些許華髮，那麼不妨在春日融融的夜裡啜飲一杯梅子釀的酒吧！如果這時還有梅花花瓣悄悄凋落，趁著月色正好，和自己跳一支舞！別忘了！梅花可是開在最寒冷的冬季，用它獨特的幽香和凜冽的雪花相互抗衡！

2. 古詩十九首

無名氏

冉冉孤生竹，結根泰山阿。

與君為新婚，菟絲附女蘿。

菟絲生有時，夫婦會有宜。

千里遠結婚，悠悠隔山坡。

思君令人老，軒車來何遲！

傷彼蕙蘭花，含英揚光輝。

過時而不採，將隨秋草萎。

君亮執高節，賤妾亦何為！

　　「菟絲附女蘿」，在文學上這是一句纏綿浪漫的詩，但在植物學裡，它不但不浪漫，甚至還有些殘忍！

　　「女蘿」指的就是松蘿，屬於地衣類，是由菌類與藻類聯合結成的特殊植物，它會將植物體的基部固著在樹幹或枝枒上，遠遠望去，就像為樹枝披上一條輕柔飄逸的絲帶。雖然附生在樹枝上，但女蘿在生長過程所需的養分都是靠自己來製造，只要吸取

空氣中的水氣，就能生長得很好，未曾吸取所附生樹木的絲毫營養。

「菟絲」可就不一樣了，它是一種寄生植物，屬於無根無葉的草本類植物，生長在低海拔地帶。「菟絲」之所以能生長茁壯，完全靠它莖上面那些細小的圓狀吸盤。這些密佈吸盤的莖，攀爬在別的植物體上，微風吹來，好像金黃色髮絲鋪散在上面似的，如詩如畫的美，很能引人遐思。然而，菟絲正以它強而有力的吸盤，極盡所能的吸取被它依附寄宿的植物養分。

把菟絲花比喻成女子，自有時代背景。古代的女子不能有獨立的思考力，更沒有所謂的謀生技能，凡事只能以夫為天，一輩子安穩的生活都要從這男子身上去獲得。有了依靠，真的是一件好事嗎？吸取了別人的養分，相對也得交付出同等量的東西。

因為是依存關係，必須共生存，所以扶持依靠、榮辱與共。看似浪漫，但這可是在生物史上的低等生物才有的生存方式。

我想菟絲如有知覺，一定努力在尋找它進化的可能，擺脫它一生都得靠依附的關係來存活的命運。就像有了覺知的女性，會竭盡所能的增強自己的生存條件，讓自己在這世界可以更自由、更自在的生活著，而不是找張長期飯票，一心想著只要把這男子侍俸好，牢牢的看好他，就能保證自己一輩子生活無虞。

3. 古意詩

君為女蘿草，妾作菟絲花。

百丈託遠松，纏綿成一家。

「如果說你的個性像女蘿草，那我就是菟絲花吧！我們總是相依相偎，在愛情的穴窩裡，恩愛纏綿。需要一個可支撐、可依靠的對象嗎？放心！在不遠處有棵挺拔的松樹，有它託付、有它抵擋住外面的寒風暴雨，我們的愛情永遠會像現在這樣甜甜蜜蜜，恩愛如昔。」

有個相熟的朋友，在大三的寒假休學結婚去了，一個青嫩單純的年輕女生，愛情對她而言是生命的全部。新郎雖然也跟她一樣年輕不經事故，但婚禮卻是盛大豪華，這可是上流社會裡，兩大家族的結合。

婚後，丈夫仍在學校讀書，妻子已是個年輕的媽媽，所有生活費用，有夫家強大的經濟支柱，讓他們生活富裕、不用發愁。

問這位年輕的妻子後悔過當初的決定嗎？她先是沉默了一

會，接著抬起頭笑了，「我們的愛情很甜美，生活也不用發愁，這樣不是比一個人孤孤單單在外面生活好嗎？而且也省去了天天為三餐打拚奮鬥的辛苦，比起來，我現在應該要很滿足了，不是嗎？」

如果松樹突然倒下，那菟絲和女蘿不是從此就失去依靠了嗎？這位年輕的媽媽，如果失去夫家的資助，是否還有獨立過生活的能力？

生命需要自己踏踏實實去經歷，即使過程會頭破血流，那都值得，因為你已深深烙下屬於你的足跡！如果總是擔心外面的風風雨雨，想找個大樹來遮蔽，那麼你將永遠會是一株長不大的小草！朋友在回答問題前仍有短暫的沉默，在沉默的瞬間裡，閃過她腦海的是不是也有一絲絲無可奈何的悵然？

4. 秋夜曲

桂魄初生秋露微，輕羅已薄未更衣。
銀箏夜久殷勤弄，心怯空房不忍歸。

　　庭院外的桂樹，已有一簇簇淡黃色的小花露臉，不知不覺
中，秋天竟已翩然來到。我在露溼微寒的夜裡，仍穿著輕薄的衣
衫坐在這裡，殷勤撥弄手中的銀箏，你們真的以為這是種閒情逸
致嗎？

　　唉！我只是害怕房裡空空盪盪，那種寂寞孤獨的滋味罷了！
才寧願忍著露寒，在這兒撥弄著琴弦，這裡，至少還有桂樹優雅
的芬芳……

　　桂花真的可以撫慰寂寞芳心嗎？或者桂花也有個獨特的愛情
故事？在中國花神的故事裡，據說主桂花的有兩位花神，她們的
一生或多或少都和桂花、愛情相關。

　　唐朝時，有個美麗的女子叫徐惠，生長在遍植桂花的湖州，
據說她八歲就對詩詞文章有不凡的領悟力，甚至不假思索就能仿

離騷的文體，將桂花寫得絲絲入扣：「仰幽巖而流盼，撫桂枝以凝想；將千齡兮此遇，荃何為兮獨往？」

徐惠因為美貌與詩才兼俱，年紀輕輕就被唐太宗召入宮中，封為「才人」。在宮中的日子，徐惠一直備受太宗的寵愛與呵護。只可惜幸福的日子過沒多久，太宗就崩殂了，徐惠也因此茶不思飯不想，如花樣年華般的二十四歲，就因為哀慕成疾而魂歸九泉。死後的徐惠因為對太宗的癡情，而被追封為賢妃。

桂花的第二位花神是綠珠。她是廣西一帶著名的美人，皮膚有如珍珠般晶瑩美麗，因此名喚綠珠。當時的首富石崇，看見後，驚為天人，以三大斗珍珠的代價，將她納為寵妾。

石崇在金谷園的別墅內，本已美女如雲，但綠珠一來後，馬上豔冠群芳，綠珠的名字也因此遍傳開來，這名字沒多久就傳到趙王司馬倫的耳裡。為了能一親芳澤，司馬倫甚至派兵包圍住金谷園，以為這樣綠珠就會安安分分跟隨在自己身邊，沒想到綠珠不僅對石崇癡情，還是個烈性的女子，她寧願選擇墜樓身亡，也不願屈就。綠珠短暫的一生，就像盛開過、最芬芳的桂花一般，因此後人以她為桂花花神。

微風一吹，盛開過的桂花最易凋零；美麗的女子似乎最易為愛情祭出寶貴的生命，唉！這其中透露著什麼道理嗎？

5. 新婚別

菟絲附蓬麻，引蔓故不長。

嫁女與征夫，不如棄路旁。

結髮為妻子，席不煖君床。

暮婚晨告別，無乃太匆忙？

君行雖不遠，守邊赴河陽。

妾身未分明，何以拜姑嫜？

父母養我時，日夜令我藏。

生女有所歸，雞狗亦得將。

君今往死地，沉痛迫中腸。

誓欲隨君去，形勢反蒼黃。

勿為新婚念，努力事戎行。

婦人在軍中，兵氣恐不揚。

自嗟貧家女，久致羅襦裳。

羅襦不復施，對君洗紅床。

仰視百鳥飛，大小必雙翔。

人事多錯忤，與君永相望。

菟絲花如果依靠在矮短的蓬麻身上，那它必定不能自在生長！一個女子如果要嫁給即將出征的士兵，結果必定淒涼。

　　黃昏才拜完堂，隔天清晨丈夫就得走了，床都還沒睡暖，為何走得這樣匆忙？那些為了新婚而準備的新衣裳，只能丟置一旁了，美麗的妝彩也只好卸下來，反正丈夫再也看不見。

　　看著天空飛翔的鳥兒，總是成雙成對，我們這對新婚夫妻卻比不上牠們啊！看來我只能孤獨的守在你家裡，懷想遠方的你。

　　女子溫柔嬌媚的神態像極了菟絲蜿蜒的藤蔓，她也該有個可依附、可疼惜的對象才對，可惜連年的戰禍不斷，丈夫一旦成了征夫，生離死別就在瞬間！妻子所有的嬌美柔弱，在征夫的眼裡也只能化成一朝雲煙，汲取不得。

　　女子的嬌弱美麗或許有大半都是為了讓男子疼愛憐惜而衍生出來的，可惜這則故事最終的結果，是善良嬌弱的女子並沒得到可讓她依賴的男子。是男子薄情輕義嗎？不！只因所處的環境有一場大變動。

　　生命是不可估量猜測，未來也無法計算衡量，那還有什麼可以依靠？還是把一切交給自己來掌舵吧！生命既如汪洋大海，所有風雨也只有自己去承擔，該往哪個方向去，還是讓自己來做最終的抉擇！

6. 夢李白

唐・杜甫

死別已吞聲，生別長惻惻。

江南瘴癘地，逐客無消息。

故人入我夢，明我長相憶；

君今在羅網，何以有羽翼？

恐非平生魂，路遠不可測。

魂來楓林青，魂反關塞黑；

落月滿屋樑，猶疑照顏色。

水深波浪闊，無使蛟龍得。

　　杜甫的詩文總是透露著對人事濃濃的關懷，總括他的一生，可說是個踏實、積極的實踐家，不過在二十來歲時，他也有過一段浪漫狂放的歲月，李白就是在那時候認識的。

　　李白和杜甫的性格南轅北轍，李白是個狂傲不羈的夢想家，雖然一輩子沒做過一件正經事，卻有個多采多姿的人生，他是豪俠、是劍客、是酒徒、是隱士，更是天才詩人。

這樣狂傲多變的個性，讓他的詩文有著瑰麗流轉的致命吸引力，卻也因為這樣的性格，讓他的政治生涯喪失了平步青雲的機會，或許也是這樣不平凡的性格，才深深吸引住杜甫吧！

李白又因那不羈禮數的個性，被流放到江南去，杜甫為此擔心不已，甚至在夢中還見到李白來相會。

夢中，當李白翩然來到時，身旁的楓樹林猶是青綠的顏色，好似春天的光景，當兩人在分別之際，只見四周突然間闃黑一片，彷彿是冬天的關塞邊。夢醒時只剩月亮斜倚在屋樑上，方才好似看見故人的臉，如今只剩月華照著夜色。這樣淒涼的景色讓杜甫悲嘆不已。

楓樹的果子又叫路路通，當它在秋天成熟落下時，仔細撥開外層柔軟的細刺，就會發現裡頭有一顆長著羽翅的楓香子，風吹來，這顆種子就有飛揚的機會。

楓樹出現在和李白相會的夢中，多少有種深層的暗示，也是杜甫內心最真實的渴望吧！既然無法讓朋友脫困，那多希望他身上有著羽翅，振動羽翅後，就可以自由自在的飛翔，逃離所有的藩籠、遠離那令人擔憂的瘴癘地，從此放心去做自己，不再受世情的羈絆、拖累。

7. 佳人

唐・杜甫

絕代有佳人，幽居在空谷；

自云良家子，零落依草木。

關中昔喪亂，兄弟遭殺戮；

官高何足論？不得收骨肉。

世情惡衰歇，萬事隨轉燭；

夫婿輕薄兒，新人美如玉。

合昏尚知時，鴛鴦不獨宿；

但見新人笑，那聞舊人哭？

在山泉水清，出山泉水濁；

侍婢賣珠迴，牽蘿補茅屋。

摘花不插髮，采柏動盈掬；

天寒翠袖薄，日暮倚修竹。

　　詩中的女子是一個風華絕代的佳人，卻獨居在荒涼的山谷。
她原本也是好人家的女孩，但連年的戰禍讓她的生活有了很大的

轉變，兄弟的骨骸不知飄散何方，就連那個原本得讓她依靠一輩子的丈夫，如今也另結新歡，棄她於不顧了。

到底什麼是不變的？世事的流轉真像隨風搖曳的燭光，瞬息間就熄滅了，現在的丈夫只聽得見新人的歡笑聲，舊人悲傷哭泣的樣子再也喚不起他的注意了，生活的重擔只能靠自己一個人咬著牙苦撐下去，沒有錢，也只能叫婢女把身上僅存的珍珠拿去變賣。

一個美麗的女子，竟然還得獨自牽著女蘿的藤蔓來修補破漏的茅屋；在野外摘下的花，也無心插在髮髻上。畢竟生活的磨難是很現實的，誰還有心思顧及外表的修飾？是天氣逐漸變冷，還是我的衣衫太輕薄了？夕陽即將落下，在濃濃的暮色下，我只能閉著眼，回想往日生活的美好點滴吧！

這首詩中的「蘿」指的不只是一種藤蔓類的植物，還代表生活的貧困。房屋有了漏洞，沒有錢修補，就用蜿蜒綿密的女蘿覆蓋在上面吧，至少可以阻擋一些外面的風雨！

詩中女子手中拉持藤蔓時，心中一定有無限感慨吧！原本自己應該像女蘿草緊密的依靠在丈夫身上，如今竟落得如此淒涼寂寞。是依靠的人錯了，還是依靠本身就是一種錯誤？

8. 山石

唐・韓愈

山石犖确行徑微，黃昏到寺蝙蝠飛。

升堂坐階新雨足，芭蕉葉大栀子肥。

僧言古壁佛畫好，以火來照所見稀。

鋪床拂席置羹飯，疏糲亦足飽我飢。

夜深靜臥百蟲絕，清月出嶺光入扉。

天明獨去無道路，出入高下窮煙霏。

山紅澗碧紛爛漫，實見松櫟皆十圍，

當流赤足踏澗石，水聲激激風生衣。

人生如此自可樂，豈必局促為人鞿？

嗟哉吾黨二三子，安得至老不更歸？

　　韓愈有他獨特的信仰，所以他不會隨波逐流，他的方式在現實環境裡，或許顯得有些癡愚了，可是他誠實的面對事實、勇敢地說出想法，卻是最難得可貴的部分！

　　唐朝當家皇帝篤信佛教，花費千萬兩黃金，就是期待要迎接

佛骨舍利子，為了這件大事，大家都熱烈的慶祝著，甚至人人吃起素齋，不過舉國歡騰的氣氛卻沒讓韓愈昏了頭，此刻的韓愈竟能鼓起勇氣獨排眾議，表明自己反對迎接舍利子的想法。

是韓愈討厭佛教嗎？非也！這首詩中的內容甚至將韓愈和佛教牽扯在一起了。在韓愈心中，佛學該是放在生活中去實踐的，佛學該是一種生命的態度，不能只限於偶像的崇拜，更不能為了舍利子花費人民的血汗錢，還立個名目說這是在恭迎佛法。

韓愈在不得志時，自己一個人悄悄的上山去；他去看看山中、雨中的芭蕉和梔子花，也到佛寺去拜訪山僧，甚至去看看山壁上的古佛畫像，韓愈為何要如此親近古佛呢？其實佛教的教義裡有好多的概念，可以讓受盡挫折與磨難的人得到舒緩與安適的感覺，如說要解脫，或許還得看個人的智慧與造化了。

再來說說詩中的梔子花吧！梔子花可以只是庭院中的經濟作物，也可以獨立盛開在雨中的佛寺旁，它不論被栽種在何方，仍舊丰姿綽約、芳香迷人，而且它的實際功能也永遠不會改變，這正是梔子花難得的地方。或許此刻的韓愈已從梔子花上領悟到某些道理了吧！否則詩的最後他不會寫道：「人生如此自可樂，豈必侷促為人鞿？」

9. 新植海石榴

弱植不盈尺，遠意駐蓬瀛。

月寒空階曙，幽夢綵雲生。

糞壤擢珠樹，莓苔插瓊英。

芳根閟顏色，徂歲為誰榮。

　　山茶花很美，可是你卻不能要求栽種山茶花的環境也一樣優美。有天到山上拜訪朋友，要到朋友家必須先繞過另一戶人家，那戶人家庭院裡的一切真叫人難忘！一株高大的樹長滿嫩紅色的花，不論遠看近看都是美麗動人的。哇！這可是名貴的山茶花哩！但你卻無法忍受花兒旁有一隻隻碩大的蒼蠅嗡嗡的飛來飛去，有時停頓在花朵上，有時還會在你鼻尖停歇，哎呀……真令人受不了！

　　這些碩大的蒼蠅哪來的？我心中的疑問頓起，忽然我一下子就明白了，一隻隻壯碩的公雞成群的跑了出來，一邊跑一邊拉下令人做噁的雞屎，沒錯！蒼蠅就是這樣來的！

唉！這裡的人懂得欣賞茶花嗎？怎麼讓茶花在這樣的環境下生長，這不是玷污了茶花的美嗎？一到朋友家我就不停地向朋友抱怨著。

「山茶花是大陸新娘種的，就是這戶人家的媳婦，人長得秀秀氣氣的，很美喔！嫁的丈夫卻是黑黑壯壯，蠻憨厚的，只是兩人站在一起就是不搭啊！還好那個大陸新娘還挺認份的，日子過得還算平順，畢竟那是他們家的事，我們再怎麼好奇都是外人……只是聽著那大陸新娘軟軟甜甜的話語，就為她覺得不平，怎麼這樣的一個美人兒嫁給那樣醜的丈夫。」朋友也開始滔滔不絕的發表她的意見。

為什麼她要種山茶花呢？和這兒髒亂的環境多不相配啊！是不是她也意識到自己與這環境的關係呢？只好用山茶花來提醒自己，還是……我想太多了。

柳宗元寫的海石榴花其實就是山茶花，海石榴是它的別名。而他看到的山茶花和我在山上看的山茶花有些類似的情況。

山茶花的美不見得能遇到知心人懂得好好欣賞它，但不論環境有多糟，情況有多壞，山茶花還是那樣謹守本分，努力吸收養分，努力盛開芳華。沒有人懂得欣賞，有啥關係，至少我是懂得自己的，那就為自己努力綻放最美的姿容吧！

10.
寒食日題杜鵑花

唐・曹松

一朵又一朵，併開寒食時。

誰家不禁火，總在此花枝。

寒食節的由來，是源自於春秋時代，晉文公年少時流亡在外，在顛沛流離的日子裡，都是介之推陪伴在側，陪他嘗盡人世的苦、陪他聊著諸多的傷心和苦楚，因為一路的坎坷都有介之推，所以晉文公將這一路的苦難都熬了過來，終於，他當上晉國的國王了。

陪你吃過苦的人，不見得就想分享你日後的富貴榮華，介之推微笑的看著自己的好友登基為王，他反而拍拍衣袖，獨自離開，因為他的任務完成了。

只是晉文公仍舊持著世俗的想法，或許不習慣介之推的突然離去，也或許有著報恩的想法，晉文公派了大批人馬，只為將他尋回。當晉文公知道介之推執意居留在山上時，晉文公自以為想到一個一勞永逸的方法，他下令放火燒山，以為只要看到熊熊烈

火，介之推一定會倉皇逃離這座荒山，那麼要請他回到自己身邊就不是難事了。

可惜晉文公萬萬沒想到，大夥人在山下等了老半天，就是不見介之推的身影，晉文公急了，趕忙要眾人快些滅火，火是滅了，但是大錯也鑄成了，當晉文公火速趕到山上去時，只見介之推抱著樹幹、焦黑痛苦的屍骨。

晉文公雖然悔恨交加，卻再也挽回不了什麼，除了淚流不止，還有無限的往事纏繞在心頭啊！最後晉文公只能下令全國人民在這一天裡不准升火，就當做是紀念介之推吧！

杜鵑花的花季在春天的三、四月間，和寒食節的日期相近。這季節你可以看見杜鵑花滿山遍野的盛開，火紅一片，遠遠的好似一團團的火焰蔓延開來，好像春天在燃燒啊！

要禁火只能禁得了人們吧！你看那山野裡的杜鵑，如火焰般的活力和熱情，如何禁得了？那可是春天裡特有的生命力呢！

如果看著色紅如火的杜鵑花，晉文公該是怎樣的心情？想到他的自以為是？還想到介之推耿直獨特的性格？

每個人都有自己獨特的生命哲學，有人追求世俗的名利、地位，有人追求生命的獨特意義，不過看著杜鵑花滿山遍野的盛開著，誰對誰錯都不再重要了，去問問最真實的自己吧！

11. 杜鵑花

杜鵑花與鳥，怨豔兩何賒。

疑是口中血，滴成枝上花。

一聲寒食夜，數朵野僧家。

謝豹出不出，日遲遲又斜。

傳說杜鵑鳥是由蜀國皇帝——杜宇，死後幻化而成的，這是一個悲哀淒涼的故事，雖然它來自古老的傳說。

杜宇在蜀國是個仁民愛物的好皇帝，他也有個美麗溫柔的妻子，日子該是甜蜜幸福的，可是蜀國卻發生了歷年來難得一見的水患，水淹沒了莊稼，也淹沒了人們的希望，眾人都束手無策，杜宇更是焦急萬分，這時出現了一個名叫鱉靈的男子，沒人知道他哪來的本事，洪水在他手裡終於獲得紓解，老百姓平安快樂的生活又來臨了。

杜宇仔細衡量一番後，他認為鱉靈比自己更有資格當皇帝，就毫不留戀地將皇位讓給了鱉靈，但杜宇沒想到他悲慘的命運就

此展開。

　　鱉靈不但繼承了王位，更霸佔了杜宇的妻子，杜宇只能悲痛的隱居到西山去，對這一切的不公平也無可奈何。傳說杜宇是抑鬱以終的，他的靈魂因為哀淒、因為不捨，而化為一隻鳥，日夜哀啼，一聲聲的悲鳴，提醒著蜀國的百姓別忘了春耕，也提醒著自己曾有過這樣淒落的一生。

　　在春天的清晨如果聽著那一聲一聲悲哀的鳴叫，真的令人斷腸，尤其看那杜鵑的舌尖是一抹血紅，好似花了所有心力，將這一世的不滿和委屈通通喊叫出來，但因委屈啼不完，只留下滿嘴的鮮血，而那鮮血，據說染紅了片片花朵，那花就叫杜鵑花。

　　杜鵑鳥和杜鵑花都有相同的名字，也有同樣鮮紅似火的色澤，在春天看見那樣的紅艷如火，該是怎樣的心情？

　　在台灣，杜鵑花的盛產地在台北烏來，陽明山也可處處見其芳蹤。有一回和朋友驅車上山，當我看著滿山遍野的杜鵑時，除了感受到杜鵑的美明艷動人，卻也想起杜宇寥落的身世。順手拾起地上一朵飄零的花瓣，放在手心，忍不住要迎到鼻間去嗅聞它的香味，沒想到朋友驚呼一聲：「喂！小心哪！它有毒。」「哇！毒？」沒錯！杜鵑花身上帶有毒素，那是屬於麻痺呼吸中樞的毒性，會使誤食者上吐下瀉，甚至昏迷死亡。

「你看！滿山遍野都是杜鵑花，它們生命力可強啊！乾脊的土地也適應得很好，最重要的是那有毒的成分保護住種子，沒有動物敢去啃食杜鵑的種子，所以這整座山都是杜鵑花的王國……」朋友繼續滔滔不絕的說著杜鵑的身世。

　　哇！如果杜鵑花真的是杜鵑鳥的血所變的，那麼杜宇的魂魄也在杜鵑花身上囉！杜宇啊！杜鵑花在春天可是開了滿山遍野，你的王國在春天時可是日不落國喔！

12. 過零丁洋

宋‧文天祥

辛苦遭逢起一經，干戈寥落四周星。
山河破碎風飄絮，身世浮沉雨打萍。
惶恐灘頭說惶恐，零丁洋裡嘆零丁。
人生自古誰無死，留取丹心照汗青！

　　人生是該努力、該奮鬥的，但是揮汗如雨的辛勤過後，到頭來美夢仍是一場空時，你該如何是好？這首詩寫的是文天祥坎坷的人生經歷，也是他拒絕違背心意去攀附權貴的心路歷程。

　　花費多少寒窗苦讀的光陰，文天祥終於高中狀元了，但當上高官後，辛苦和操勞的生活才真正接踵而來，最令人心力交瘁的是這四年多來與元軍的浴血奮戰，而每次的戰役都得出生入死。唉！在戰火裡打滾久了，對生死這兩個字該是淡然了吧！

　　文天祥對當時的國事有無限的唷嘆，一面擔心國家岌岌可危的前途，一面又為自己身邊死傷慘重的士卒感到悲傷難過。人的命運在此刻就像是飄零在風中的綿絮、在水中無根的浮萍啊！

但文天祥可不是個喜歡抱怨的傢伙，他之所以寫了這首詩，是為了執著自己的信念和理想。

　　文天祥不但有帶兵作戰的能力，還有規劃戰略的本事，這些才華連敵軍的主帥張弘范都欽佩不已呢！好不容易生擒了文天祥，張弘范怎能錯失良機，於是花了好幾日夜不斷遊說文天祥，希望他投靠元軍。文天祥最後只好提筆寫下這首詩，表明自己寧死不屈的心志。

　　「人的一生再如何榮華富貴、風光顯耀，還是難免一死啊！既然如此，何不在有生之年，好好的為自己的理想奮鬥看看？或許靠著自己微薄的力量，仍可拚出一番成績，讓自己的名字在史冊上散發著光芒。」

　　這些斑斑的字跡，透露的可都是文天祥的人生理念。或許生活在功利主義下的我們，都會覺得文天祥真傻，為何放棄唾手可得的官名利祿，卻寧願當個衣屢破爛的階下囚。

　　只是真的在夜深人靜、自己獨處的時刻，會有一股內在的聲音不斷的提醒著自己：好好做自己，別隨波逐流了，那些功名利祿最後仍只是過眼雲煙哪！

　　這些偶然出現的聲音，有誰會真的去信取、並且勇敢執行呢？文天祥的確值得讓人景仰，他確實執行了自己的人生理念。

最後，他肉身雖死，名字卻永留史冊哩！誰說生命像浮萍了？至少文天祥用他有限的一生，鏗鏘有力的擲出屬於自己的聲音，在史冊上紮下了他的名字。

大多數人對浮萍是誤解了！在那圓綠的葉片下，浮萍確實是有根的，只是太細微透明，在水中又太容易隨著風起而飄散開，那些細微的根似乎難以發揮駐留的作用。既然拖不住浮萍隨風漂流的葉片，那根還存不存在，似乎就不是那麼重要了。人也一樣吧！如果老是忽略了來自靈魂的聲音，只隨著世俗的名利漂浮，那自我的身心是否得到安歇也好像就無所謂了！

偉哉文天祥！如果他知道浮萍漂泊的葉身下仍有細微的弱根，在被元軍處死前，他該會帶著一抹對人世了然的笑吧！

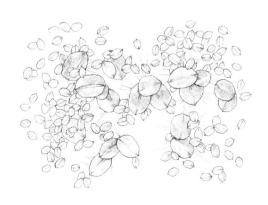

13. 玉樓春

宋・宋祁

東城漸覺風光好，縠皺波紋迎客棹；

綠楊煙外曉寒輕，紅杏枝頭春意鬧，

浮生長恨歡娛少，肯愛千金輕一笑。

為君持酒勸斜陽，且向花間留晚照。

　　杏花開在晚春時節，大約在農曆二月，當梅花落盡，梅子成形時，不論是純白的、豔紅的杏花會開滿枝枒，將春天妝點得熱鬧非凡。

　　杏花和梅花有個相似處，都是先讓細緻美麗的花朵，盛開滿樹芳華後，青嫩的葉子才會漸漸抽出芽來，接著果實會隨著花朵的凋零而慢慢成形。

　　二月份後，杏花正悄悄的抽出新芽，恰好也是農人播種插秧的季節，看著美麗粉嫩的杏花在枝頭上任意綻放的模樣，農人涉水播種的辛苦也會減輕不少吧！

　　只是春光短暫，不久後，杏花也會隨著一場季節雨後，凋零

滿地。人的一生不也是如此！歡樂愉快的日子總在不自覺的瞬間流逝，抓都抓不住啊！眼見夕陽都將垂落了，你還只是獨自嘆息嗎？不如舉起酒杯與天地乾杯吧！如果此刻還能有知心人在身邊，那麼即使千金散盡，都該欣慰的笑著呢！要是只有孤獨的自己，那也沒啥好埋怨的，畢竟這也是人生常態。

　　紅豔豔的夕陽，潔白若雪的杏花，還有一杯濃烈的黃酒，雖然我什麼也不能留住，但夜幕低垂後，或許會有一輪皎潔的明月升起哩！何需擔憂？何需心煩？

14. 山茶

明・歸有光

山茶孕奇質，綠葉凝深濃。

往往開紅花，偏在白雪中。

雖具富貴姿，而非妖冶容。

歲寒無後凋，亦自當春風。

吾將定花品，以此擬三公。

梅君特素潔，乃與夷叔同。

因為山茶的美麗和特殊，所以被後人選為十一月的當令花。而山茶花的女花神則為王昭君。

王昭君是漢朝人，她的容貌才華堪稱第一，可惜後宮佳麗眾多，漢皇無暇個個仔細端詳，只好讓畫匠毛延壽將美女們的姿態描摹出來。為了受到皇上的眷顧，女孩們紛紛拿出金銀珠寶巴結畫匠，只求在畫匠筆下的自己可以變得更明艷動人。偏偏昭君不信這一套，或許是不恥這樣的行為，也或許是對自己的資質容貌太有信心，然後，悲劇就在這兒發生了。

毛延壽對昭君的行為大為光火，索性自己多加了幾筆，把傾國傾城的容顏畫成醜八怪了。

　　此時的單于卻向漢王要求兩國和親，以換取邊界的和平，漢皇聽了非常惱怒，覺得單于是癩蛤蟆想吃天鵝肉，雖然想教訓單于，卻又無計可施，最後他想到了一個妙招。

　　漢皇想挑選出畫像中最醜的人，封她為公主，再將她嫁給單于。人選一下子就被選出來了，那人就是王昭君。這消息對王昭君來說真是個晴天霹靂，但君命不可違，命運既然如此，還有什麼話可說？

　　就在含淚拜別時，她與漢皇雙眸交會的那一剎那，漢皇驚駭莫名，這哪是醜八怪？這樣的綺麗容貌，怎麼自己從未發覺啊？只是一切都太遲了。唉！君無戲言，雖有萬般不捨，還是得讓昭君遠嫁匈奴國。

　　乘坐著馬匹，隨側在昭君身上的是一支常伴身旁的琵琶，還有一枝紅艷的山茶花。琵琶聲聲哀怨，訴說的是昭君悲怨的心曲；紅山茶花是昭君用來表明自己不畏霜雪的堅貞節操。

　　幾十年的異域生活，對昭君來說是苦不堪言的，但她也明確的了解為了兩國的邦交，再怎麼痛苦都不能一死了之啊！寂寞時就看著當初帶來的紅茶花吧！在異地的風雪裡仍吐露芬芳。好！

再告訴自己一次：我得勇敢活下去！

　　寂寞日復一日，一直等到單于死了，昭君便在一個無人的夜裡仰藥自盡，結束她痛苦的一生。

　　西域的景色常年一片荒涼，連草色都是黃白的顏色，就只有昭君墳前的草是一片青綠的色澤。唉！昭君的性格、容貌不就像紅色的茶花嗎？在青綠的草色裡，昭君的名字該是更顯得明麗動人吧！

15. 問菊

林黛玉

欲訊秋情眾莫知，喃喃負手扣東籬。

孤標傲世偕誰隱，一樣開花為底遲？

圃露庭霜何寂寞，雁歸蛩病可相思。

莫言舉世無談者，解語何妨話片時。

百花總是在溫暖的春天盛開，只有菊花的開花期最晚，孤獨地在滿地落葉的時刻傲然的開著花，因為它不媚俗，古人把它和隱居的高潔之士畫上等號，所以菊有花之隱逸者的雅稱。

因為菊花在農曆九月盛開，所以又稱為「九花」，菊花也就順理成章的成為九月的當令花了。九月九日重陽節又叫菊花節，在這天，大夥兒除了登高望遠，還會一起賞著美麗的菊花、共飲一杯菊花釀的酒。

在中國人眼裡，菊花可是能讓人輕身益氣，最具療效的花朵呢！尤其是它那甘甜的滋液，據說有延年益壽的功能！因此菊花又稱為「延齡客」、「長壽花」。

有些品種的菊花，即使花朵枯萎了，它的花瓣仍舊挺在枝頭上，不肯隨風飄零，你可以說它是高傲無比啊！只是這樣昂然不屈的同時，得使盡多少氣力？

　　林黛玉正因為高傲、不流於俗的性格，讓她吃了不少苦頭，在大觀園的生活裡，人情事故在眼前不停流轉變動，黛玉還是黛玉，她空有冰雪聰明，雖看盡了人情世故，卻不肯讓凡塵裡的污濁沾染上身。她常常獨自在閨房裡流著淚、嘆著氣，為何黛玉特別憐愛菊花？因為她們有著類似的性格、相似的命運，或許可說這就是移情作用吧。

　　只是黛玉面對生命凋零時，她也同菊花一般！奮著全身的力也要昂然挺立著。鮮血雖一口一口的嘔吐而出，但她卻那麼竭力的忍耐著，她心碎、她心傷、她的身體像即將飄散凋落的菊花，但是她想使勁力氣去等待，等待那個她摯愛的寶玉，問問他心裡可放著她，問問那個即將去拜堂、娶寶釵的新郎官可真是他？

　　菊花終將凋落，因為花期已到了尾聲；黛玉也終將嚥下最後一口氣，因為生命已到了盡頭，只是她終究沒等到她想等的人。

　　菊花是延齡客，延伸的是人類的壽命，但是自己的生命得如何延伸呢？那個曾經一起在大觀園裡和寶玉賞著菊花的黛玉，有想過自己最後的遭遇也和菊花如此相似嗎？

❶

《漫漫古典情》

　　配合現代人匆忙的生活步調，本書以精緻短幅內容為重點，讓人隨手拾來，依興之所致閱讀，短短的一首，無壓力、無負擔，輕鬆欣賞古典詩詞。讀者每天翻閱一首，天天享受浪漫感人的詩情。

樸月／編著　定價／300元　特價／199元

❷

《從名言中學智慧》

　　作者將這些名人所講過的話，依照不同的性質，而排成十二篇幅；分別是智慧、憂鬱、幸福、愛情、快樂、待人處事、學習、工作、自信、行動、成功、人生，然後化成一篇篇生活化地散文，每一句名言的含意使它變為一種正面生活態度。

賴純美／著　定價／300元　特價／199元

❸

《點燃哲人的智慧》

　　本書精選160則古代哲人短篇言談或著作中的故事或寓言精選的名人佳句，經由作者精妙的譯寫文字，對故事的體會或心靈哲思為讀者提供的處世哲學，並透過故事中的廣博哲理，一解人生的疑難解惑。

黃晨淳／編著　定價／250元　特價／199元

❹

《紅樓夢》

　　本書總錄紅樓夢中200多首詩詞名句及書信，以章回為分段，內有引經據典的精詳註釋、流暢優美的譯文以及編者經半世研究的精闢賞析，是一本實用功能極強，並且亦是一本文學欣賞集。

王世超／編著　定價／320元　特價／199元

❺

《從名句看世界名著》

　　此書是西洋故事集，著重百年不朽經典名選自著名文學126則故事，全書分為四個篇章：聖經篇、世界名著篇、希臘羅馬神話篇及戲劇篇，透過作者的名句剖析加上精粹的故事摘要以及對生活的默思，呈現出智慧的沉澱。

柯盈如／編著　定價／200元　特價／99元

⑥

《中國傳奇事典》

　　中國經典故事是人生智慧的沉澱，借用前人的智慧可以當作借鑑，用來規範言行，本書收錄神話、歷史、成語故事、佛教傳奇、古典詩詞、俏皮話典故共156則中國經典傳奇，藉此可以了解歷史，還可以啓發思想增加人生智慧。

卓素絹／編著　定價／280元　特價／149元

⑦

《百年經典名著》

　　本書編寫的目的，即是爲了讓一般民衆也能親炙文學大師的風采，用一種淺顯易懂的筆調介紹衆所皆知的文學經典，使人們可以藉此窺探文學大殿，並由此對經典中的智慧能夠快速吸收，而能獲益匪淺。

柯盈如／編著　定價／350元　特價／199元

⑧

《中國詩詞名句鑑賞辭典》

　　本書蒐集先秦至清末民初，文人學者所創作的詩詞曲，橫跨中國二千多年，集詩歌名句之精華於一，以朝代及作者爲軸，一一條列，除了簡要的賞析翻譯之外，並附有原詩詞，書末再附註筆劃索引，可供讀者於最短時間內查詢所需資料。

白英、潤凱／編著　定價／450元　特價／299元

⑨

《中國散文名句鑑賞辭典》

　　本書蒐集先秦至清末民初歷代的散文經典名句，以朝代及作者爲軸，一一條列，除了介紹出處與書名外，另附簡要的賞析翻譯，不僅爲先哲對人生和世界的思考與頓悟，也是一中國巨大的智慧寶庫。

天人／編著　定價／900元　特價／499元

⑩

《權謀智典》

　　看歷代偉人權謀策略的運作，學習利用智取的成功策略。因之，競爭的社會裡，智取是最有效的成功捷徑。我們歸納中國五千年的權謀方略，共120則經典的權謀故事，使我們能在競爭的社會中獲得最大成就。

黃晨淳／編著　定價／250元　特價／199元

⑪

《失樂園》

改編自一萬多行的《失樂園》原著，精采故事來自聖經的《創世紀》，敘述天國中撒旦的叛亂、與神的抗爭、帶領天使逃亡墮入地獄與人類祖先亞當、夏娃被逐出天堂樂園的悲壯史詩。生動的文字敘述與五十幅杜雷經典插畫，精緻唯美，呈現繽紛的美麗故事。

劉怡君／編著　定價／230元　特價／149元

⑫

《絕對小品》

此書匯集90位近代的文學家、哲學家、智者有培根、蒙田、泰戈爾、歌德、卡內基、紀伯倫、羅素等人的120篇生活小品文。並對生命、愛情、生活、知識四個層面作經驗的分享精煉的人生的智慧，閱讀的同時可以隨時補給心靈的枯竭，輕鬆閱讀的同時將會源源不斷內在的能量。

徐竹／編著　定價／220元　特價／149元

⑬

《聖經的故事》

《聖經》是全世界發行量最多、讀者群最廣的經典作品，分為《舊約》，探討神耶和華與選民以色列民族的關聯。《新約》，記載基督教徒的救世主，以及使徒們的傳道活動。本書並配合200幅杜雷經典插畫，以文字開展《聖經》故事，文筆簡潔有力，故事生動自然。

郭素芳／編著　定價／450元　特價／299元

⑭

《蒲松齡的失意哲學》

蒲松齡，一位追求功名的典型中國文人，不得意的人生，造就他文學上的卓越成就。《聊齋誌異》，一部在虛幻中尋求桃花源的小說，經由它我們得以營造一個自現實壓力跳脫的理想世界。本書精選100則《聊齋誌異》中最精彩的故事，每個故事有一段改寫者的小小心得。

潘月琪／編著　定價／300元　特價／199元

⑮

《紀曉嵐的人生啓示》

大清第一才子紀曉嵐，唯一傳世的著作《閱微草堂筆記》，寫得不是經世濟民，而是一篇篇從他人、鄉里或親自見聞的人鬼狐故事。本書節選其中最生動最富含人生哲理的140篇，從中我們可以了解紀曉嵐喻大義理於嬉笑怒罵的故事的實質用心。

黃晨淳／編著　定價／250元　特價／199元

⑯

《閱讀大師的智慧》

　　本書的寫作方向以當代著名哲學家、詩人、文學家等的作品爲主，共十九位哲學家大師，將他們的精闢論點，用一種改寫的方式節錄而出，以形式簡短的文章呈現，內容富有深度，爲一種文簡易賅的經典小品文，共有150篇經典哲理散文。並且此書爲哲學家、詩人、文學家等的思想結晶，內容簡潔，富有意味，值得人們沉吟再三。

張秀琴／編著　定價／350元　特價／199元

⑰

《影響中國散文100》

　　自先秦至清朝，精選74位古文名家，共100篇傳世散文，一生不可不讀的絕世文章；100篇散文，74種人生態度，內含名人們的人生體悟與生活實錄，更多的是智慧的累積，及反覆閱讀的不同收穫，讓你體驗出人生百態，豐富你的一生。

李麗玉／編著　定價／450元　特價／299元

⑱

《智慧的故事》

　　這是一本典藏猶太民族三千年的生活藝術，有流傳已久的民間故事有寓言、英雄傳奇、幽默故事，來自其宗教著作像是《聖經》、《塔木德經》、《律法書》，透過這些故事可以了解猶太人生活的智慧和樂觀的民族性，更敬佩先知的睿智，值得令人學習的生活智慧。

劉煖、何竣／編著　定價／380元　特價／299元

⑲

《唐吉訶德》

　　本書將世界名著《唐吉訶德》重新編寫，並配合杜雷名畫150幅開展內文，唐吉訶德夢想也成爲一名騎士雲遊天下，於是憑著這股傻裡傻氣的熱情就出發了，在文中看似荒唐的行爲中，卻透著善良的動機，生動有趣的故事，值得細心品味！

　　《唐吉訶德》出版後被譯成六十多種文本，是譯本種類僅次《聖經》的近代偉大作品。

塞萬提斯／編著　劉怡君／改編定價／350元　特價／199元

⑳

《閱讀名人的心靈》

　　以74位世界上成功的名人爲主，介紹其奮鬥成功的歷程與如何堅持成功的原則，而這些原則與經歷，值得令人學習的地方。從名人故事當作主軸，帶出名人的人生的智慧、愛情智慧、成功智慧等等。充滿知名人士的精髓；每一頁都可以化成是積極向上的活力泉源。在分享了名人的人生經驗後，定能有所啓發，能更有信心地去擷取屬於自己的成功果實。

王雅慧／編著　定價／190元

㉑

《神曲》

神曲是法國詩人－但丁歷時十年，長達一萬四千二百三十三行的詩歌創作，全書分為地獄篇、淨界篇、天堂篇三部份，本書將詩歌形式改寫成有趣故事，帶引出神曲書中各部份的精采情節，讓讀者彷彿身歷書中情境一般。

但丁／原著　郭素芳／改編　定價／400元　特價／249元

㉒

《傳世的箴言》

猶太人有最寶貴和古老的精神遺產：律法、格言、箴言、故事，時時圍繞在他們的身旁，這些古老的格言充滿無比的力量，教導人們如何從經典箴言中，領悟人生的種種難題和挫折，讓他們可以隨時學習成功的秘訣！透過這本書，你將可以閱讀猶太的古老智慧，並從律法、格言、箴言、故事，學習他們成功的智慧。

楮松、郭朝／編著　定價／300元　特價／169元

㉓

《古水手之歌》

本書除將長詩改寫為小說外，並於書末附有原詩及原詩翻譯，內容描述一位性孤僻不知感恩的水手，因射殺了一隻指引迷津的信天翁，而引起神的憤怒，促使全船二百位水手在海上漂流後死於非命，而後水手在懺悔下得到救贖。

全詩情節緊湊，情感動人對於人性的描繪有其獨到之處，在柯立芝建構的強烈生命意識與自然幻想讓人深感自然與人類的不可分割、信仰與心靈的融和。

柯立茲／原詩　劉怡君／改寫　定價／160元　特價／99元

㉔

《紅樓迷夢》

紅樓夢是中國四大章回小說之一，故事情節動人，人物描寫細緻，結構嚴謹，是一部中外馳名的著作。而曹雪芹筆下的人物角色的塑造，更是為人所稱頌，本書就是以大眾所熟知的十二金釵為主角，以紅樓夢的故事脈絡，將十二個女人一一獨立出來成為十二篇單篇人物小說，將她們各自的個人性格及特色充份的表現出來，並藉此十二篇小說將紅樓夢濃縮串連。

星佑／改寫　定價／230元　特價／169元

㉕

《一首詩的故事》

本書嚴選100篇從先秦時代到清朝為人傳頌的精彩動人的詩詞故事，讓你低詠讚嘆詩詞意境的優美時，還能一探詩人的親身經歷與隱含在詩詞背後，亙古流傳的真摯情誼，大時代的變動與悲嘆，不論是詩人的情感糾葛，或是對外物的執著衝突，都可以在這100篇故事與詩詞中，淺酌低吟、回味再三。

王盈雅／著　定價／320元　特價／199元

《亞瑟王傳奇─杜雷名畫》

　　譯自維多利亞時期的桂冠詩人－田納森的偉大長詩〈亞瑟王之歌〉，詩人用12段優美散文敘事詩來描述中世紀的英國宮廷中，亞瑟王的偉大英明和驍勇善戰的圓桌武士們的英雄冒險，還有與美麗女子的浪漫奇遇故事，像是蘭思諾和關娜威皇后的一場畸戀。

吳雪卿／編譯　定價／180元　特價／129元

《死前要做的99件事》

　　如果你的生命只剩下一天，你最想做什麼？此書集結普通人與名人對生命的感悟和生活的體驗，從自我的陶冶、心靈的安頓、徹悟的力量、生活的使命、理清人際關係、享樂的時光、情感的麥田等幾個方面著手，認為有些事一定要做像是傾聽大自然的聲音、親手播種收割、為自己種一棵樹、常回家看父母、轟轟烈烈愛一次等等……。

覃卓穎／編著　定價／300元　特價／169元

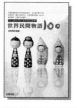

《世界民間物語100》

　　在幽默風趣別具地方特色的故事中，有各國流傳已久的神話故事，魔幻的異想世界，奇特真實的際遇，擬人的動物寓言，各國的民族傳說……一次飽覽世界上最有趣的100則民間故事，在驚奇感動於故事的豐富外，還有故事所傳達的先人智慧。

林怡君／編著　定價／300元　特價／199元

《貝洛民間故事》

　　此書蒐集法國文學家－夏爾‧貝洛改編法國的民間故事，附上34幅杜雷的精美插畫，八篇名聞遐邇的童話故事有〈小紅帽〉〈灰姑娘〉〈睡美人〉〈藍鬍子〉〈仙女〉〈小拇指〉〈穿靴子的貓〉〈捲髮里克〉，文末並加上中、英文的智慧小語。

貝洛／原著　涂頤珊／編著　定價／130元

名言堂

01

《孔子名言的智慧》

　　精選150則論語中的名言智語，以符合現代社會的宏觀角度，深入淺出詳細解說，汲取孔子的人生智慧與積極的處世態度，讓你可以圓融處世、積極進取精進生活、增強智識。

黃雅芬◎編著 定價/220元

02

《韓非子名言的智慧》

　　精選150句韓非子名言，透過現代人的人生觀，以符合現代社會需要的宏觀角度，深入淺出詳細解說並與西方哲學家的名言相對照，完全呈現法家思想的積極意義，為動亂的時代注入安定的力量，為平和的生命帶來豐活的生機。

陳治維◎編著 定價/250元 特價/199元

03

《老子名言的智慧》

　　選老子名言150句，不僅適用於職場、家庭、社會、個人，可以說是一本廣為世用的智囊寶典。也同時給予賞析說明，讀者可以從中取用他的某些原理，進而更樂意從古書中汲取生活智慧，注入帶有時代色彩的新思維，形成新的觀念、準則。

黃晨淳◎編著 定價/250元 特價/149元

04

《孟子名言的智慧》

　　精選其中名言150句，適用於教育、自我成長、社會和政治，可謂為現代為人處世的智囊寶典。此外，對於精選名言更是給予賞析說明，可帶來具有時代色彩的新鮮思維，形成新的觀念，使讀者溫古知新，進而修身養性、智慧處世。

江佩珍、陳籽伶◎編著 定價/260元 特價/169元

05

《莊子名言的智慧》

　　中國人向來說「得意時是儒家，失意時是道家」，亦即勸人處順境時，要以儒家義理來開拓胸襟、提升境界；處逆境時，則當以道家智慧來療傷止痛、休養生息，因此，我們希望藉《莊子名言的智慧》中淺暢的文字，讓先哲的智慧洞見能穿越時空，走入我們的心靈，跟我們現身說法。

黃晨淳◎編著 定價/260元 特價/169元

06

《荀子名言的智慧》

　　荀子提出性惡的說法，並不是他真的把人看得這麼壞，而是他想讓我們在有最壞的打算之後才能用更坦然的心態去面對眼前的挫折、困難與傷害。本書共分八個篇章，娓娓道來荀子一書的現代意義，希望你在本書裡，可以更坦然的面對自己、更寬容的面對別人、更積極的面對自己的人生、更快樂的面對每一天！

賴純美、陳籽伶◎編著 定價/260元 特價/169元

國家圖書館出版品預行編目資料

植物，我的精神導師／卓素絹編著；
—— 初版.——臺中市 ：好讀，2003〔民92〕
面： 公分，——（詩療館；05）

ISBN 957-455-557-7（平裝）

831　　　　　　　　　　　　92019007

詩療館05

植物，我的精神導師

編著／卓素絹
總編輯／鄧茵茵
文字編輯／葉孟慈　陳淑惠
美術編輯／賴怡君　李靜佩
發行所／好讀出版有限公司
台中市407西屯區何厝里19鄰大有街13號
TEL:04-23157795　FAX:04-23144188
e-mail:howdo@morning-star.com.tw
http://www.morning-star.com.tw
法律顧問／甘龍強律師
初版／西元2003年12月1日

總經銷／知己實業股份有限公司
台北公司：台北市106羅斯福路二段79號4樓之9
TEL:02-23672044　FAX:02-23635741
台中公司：台中市407工業區30路1號
TEL:04-23595820　FAX:04-23597123

定價：220元
特價：149元

好讀出版社　編輯部收

407 台中市西屯區何厝里大有街13號1樓

電話：04-23157795　傳眞：04-23144188

E-mail:howdo@morning-star.com.tw

新讀書主義─輕鬆好讀，品味經典

------請沿虛線摺下裝訂，謝謝！------

更方便的購書方式：

(1)信用卡訂購　填妥「信用卡訂購單」，傳眞或郵寄至本公司。

(2)郵 政 劃 撥　帳戶：知己實業股份有限公司 帳號：15060393
在通信欄中填明叢書編號、書名及數量即可。

(3)通 信 訂 購　填妥訂購人姓名、地址及購買明細資料，連同支
票或匯票寄至本社。

◉單本以上9折優待，5本以上85折優待，10本以上8折優待。

◉訂購3本以下如需掛號請另付掛號費30元。

◉服務專線：(04)23595819-231　FAX：(04)23597123

◉網　　　址：http://www.morning-star.com.tw

書名：植物，我的精神導師

1. 姓名：＿＿＿＿＿＿＿ □♀ □♂ 出生：＿＿年＿＿月＿＿日
2. 我的專線：（H）＿＿＿＿＿＿ （O）＿＿＿＿＿＿
   FAX＿＿＿＿＿＿ E-mail＿＿＿＿＿＿
3. 住址：□□□＿＿＿＿＿＿＿＿＿＿＿＿
4. 職業：
   □學生 □資訊業 □製造業 □服務業 □金融業 □老師
   □SOHO族 □自由業 □家庭主婦 □文化傳播業 □其他＿＿＿
5. 何處發現這本書：
   □書局 □報章雜誌 □廣播 □書展 □朋友介紹 □其他＿＿＿
6. 我喜歡它的：
   □內容 □封面 □題材 □價格 □其他＿＿＿＿
7. 我的閱讀嗜好：
   □哲學 □心理學 □宗教 □自然生態 □流行趨勢 □醫療保健
   □財經管理 □史地 □傳記 □文學 □散文 □小說 □原住民
   □童書 □休閒旅遊 □其他
8. 我怎麼愛上這一本書：
   ＿＿＿＿＿＿＿＿＿＿＿＿＿＿＿＿
   ＿＿＿＿＿＿＿＿＿＿＿＿＿＿＿＿
   ＿＿＿＿＿＿＿＿＿＿＿＿＿＿＿＿

『輕鬆好讀，智慧經典』
有各位的支持，我們才能走出這條偉大的道路。
好讀出版有限公司編輯部　謝謝您！